Franziska Fairytale

Der Helgoländer Makel

Franziska Fairytale

Der Helgoländer Makel

Bibliografische Information der Deutschen Nationalbibliothek: Die Deutsche Nationalbibliothek verzeichnet diese Publikation in der Deutschen Nationalbibliografie; detaillierte bibliografische Daten sind im Internet über www.dnb.de abrufbar.

ISBN 978-3-7519-5389-4

Herstellung und Verlag:
BoD – Books on Demand, Norderstedt

Covergestaltung:
Franziska Fairytale mit BOD Easy Cover
Foto: privat

Franziska Fairytale

Der Helgoländer Makel

Bibliografische Information der Deutschen Nationalbibliothek: Die Deutsche Nationalbibliothek verzeichnet diese Publikation in der Deutschen Nationalbibliografie; detaillierte bibliografische Daten sind im Internet über www.dnb.de abrufbar.

ISBN 978-3-7519-5389-4

Herstellung und Verlag:
BoD – Books on Demand, Norderstedt

Covergestaltung:
Franziska Fairytale mit BOD Easy Cover
Foto: privat

Für Ragnhild,

die mich beim Teetrinken auf diese Geschichte brachte

Sie war gezeichnet, schon seit ihrer Geburt. Leonies Stirn war von einem riesigen Feuermal verunstaltet. Nein – eigentlich waren es zwei nur durch einen schmalen Streifen getrennte Flecken: Der linke war etwas größer als der rechte Fleck.

„Das ist die Strafe dafür, dass deine Mutter einen guten Mann betrogen hat", sagte Großmutter Elsa immer wieder, wenn Leonie sich über ihr Aussehen beklagte.

Leonie verstand nicht, warum sie für die Sünden ihrer Mutter büßen musste, die diese vor Leonies Geburt begangen hatte. Sie war schon genug gestraft damit, dass sie ihre Eltern nicht kannte.

Außerdem musste Leonie bei ihrer Großmutter aufwachsen. Sie war eine harte Frau, die nie ein gutes Wort für das Kind übrighatte. Wahrscheinlich nahm sie der Enkelin ein Leben lang übel, dass bei ihrer Geburt die Verfehlungen ihrer Tochter aufgeflogen waren. Dadurch hatte Elsa nicht wie vorgesehen ein Leben in Saus und Braus, sondern musste von der kargen Rente leben, die ihr Mann für sie erwirtschaftet hatte.

Der verstorbene Großvater war ein Säufer gewesen, hatte fast alles Geld in die Wirtschaft getragen. Dazu war er lange Zeit arbeitslos, weil er immer wieder wegen seines Alkoholkonsums die Arbeit verlor.

Sein Rentenanspruch war dadurch gering ausgefallen. Die Witwenrente für Elsa war entsprechend karg, da sie nie selbst gearbeitet hatte. Angebote für gute Arbeitsstellen hatte Elsa oft erhalten, aber immer wieder mit den Worten abgelehnt: „Eine verheiratete Frau hat es nicht nötig, arbeiten zu gehen. Ihr Ehemann muss für sie sorgen."

Da Elsa sich nie mit Gelddingen und insbesondere nicht mit dem Rentensystem auseinandergesetzt hatte, erlebte sie eine böse Überraschung, als ihr Mann relativ jung starb und sie ihren ersten Rentenbescheid in der Hand hielt.

Glücklicherweise hatte die Tochter Andrea gerade ihre Ausbildung abgeschlossen, als der Vater starb. Sie wohnte noch bei den Eltern und Elsa sorgte dafür, dass sie reichlich Kostgeld zuhause abgab.

Die Männerbekanntschaften ihrer Tochter beäugte Elsa argwöhnisch. Sie wollte nicht, dass ihre Tochter wie sie an einen Säufer geriet. Außerdem sollte der zukünftige Schwiegersohn gutes Geld verdienen, um eine Familie angemessen ernähren zu können. Andrea sollte schließlich nicht wie eine arme Frau arbeiten müssen, sondern sich nach der Hochzeit nur noch dem Haushalt und den Kindern widmen, wie es sich für eine anständige Frau gehörte. Außerdem hoffte Elsa, von ihrem Schwiegersohn auch hinreichend versorgt zu werden.

Ihr Plan schien aufzugehen. Elsa schaffte es, alle Verehrer ihrer Tochter, die ihr nicht genehm waren, zu vergraulen. Übrig blieb nur noch Robert, der einzige Sohn eines Unternehmers. Er war deutlich älter als Andrea, aber das war in Elsas Augen nur von Vorteil. So hatte er sich schon die Hörner abgestoßen und wusste eine junge, unerfahrene Frau zu lenken.

Andrea war genau das, was Robert suchte: Eine gutaussehende, fleißige, junge Frau, die ihm den Haushalt führte und seine Erben gebar.

Die Hochzeit war ein rauschendes Fest. Da Andrea Halbwaise ohne Vater war, richteten die Eltern des Bräutigams die Hochzeit aus.

Elsa konnte zwar nicht, wie sie es sich gewünscht hatte, zusammen mit ihrer Tochter umziehen, doch Andrea steckte ihr regelmäßig ausreichend Geld zu. Sie erhielt neben dem Haushaltsgelt ein großzügiges Taschengeld von ihrem Ehemann, welches sie zu einem großen Teil an ihre Mutter weitergab.

Zwei Monate nach der Hochzeit war Andrea schwanger und auch Elsa war im siebten Himmel. Sie würde Großmutter werden.

Das Glück war nicht von Dauer: im fünften Monat erlitt Andrea eine Fehlgeburt. Sie wartete die vom Arzt verordnete Schonzeit ab, dann versuchte sie es wieder. Doch sie wurde einfach nicht schwanger. In den nächsten Monaten nicht und auch nach über einem Jahr noch nicht.

Andrea wurde immer verzweifelter. Auch Elsa wurde nervös, denn sie merkte, wie unzufrieden der Schwiegersohn mit ihrer Tochter war. In der heutigen

Zeit konnte man sich doch so leicht scheiden lassen. Da musste keine Untreue nachgewiesen werden, wenn ein Ehemann seine Frau loswerden wollte, weil er zwischenzeitlich etwas Besseres gefunden hatte. Er konnte einfach die Scheidung wegen zerrütteter Ehe einreichen.

Endlich kam bei einem Arztbesuch die erlösende Nachricht: „Sie sind schwanger", sagte der Arzt zu Andrea.

Elsa unterstützte ihre Tochter im Haushalt nach Kräften, damit ihr Mann gut versorgt war und sie sich nicht zu sehr anstrengen musste.

Die erste Enttäuschung war, dass das Kind ein Mädchen war. Robert zeigte seinen Unmut deutlich.

Außerdem hatte das Kind auf der Stirn ein großes, feuerrotes Mal. Die Ärzte sagten zwar, dass dies vermutlich eine Folge der schweren Geburt sein könne und mit hoher Wahrscheinlichkeit einige Wochen nach der Geburt wieder verschwinden würde. Aber Robert glaubte den Ärzten nicht.

Als nächstes eröffneten die Ärzte Andrea, dass sie wegen der schweren Geburt keine weiteren Kinder mehr bekommen könnte. Es war ein schwerer Schlag für alle.

Elsa und Andrea hatten sich gerade mit der Situation abgefunden, als es drei Monate nach Leonies Geburt zum großen Knall kam: Robert zweifelte die Vaterschaft an. Er fragte sich, wie es geschehen könnte, dass ein Kind, dessen Eltern beide blaue Augen und blonde Haare hatten, dunkle Augen und dunkle Haare habe. Andrea brach in Tränen aus, schwor, dass sie Robert immer eine treue Ehefrau gewesen sei.

Doch Robert bestand auf einem Vaterschaftstest. Der brachte die Wahrheit ans Licht: Robert konnte definitiv nicht Leonies Vater sein. Er reagierte sofort, warf Frau und Kind aus dem Haus und reichte die Scheidung ein. Andrea und Leonie zogen erst einmal in Elsas Wohnung ein. Es sei nur ein Übergangszustand, versicherte Andrea ihrer Mutter, doch sie glaubte nicht daran.

Als Elsa und das Jugendamt Andrea aufforderten, den Namen des tatsächlichen Vaters zu nennen, gestand sie unter Tränen, dass sie ihn nicht kannte. Kurz nach ihrer Fehlgeburt hatte sie herausbekommen, dass Robert eine Geliebte hatte, die ihn regelmäßig auf Geschäftsreisen begleitete. Die Frau konnte nach einer Abtreibung in jungen Jahren keine Kinder mehr bekommen. Roberts Vater würde diese Frau darüber hinaus nicht als Schwiegertochter akzeptieren, da sie bereits einmal geschieden war und ihre Vorfahren aus dem fahrenden Volk stammten.

So hatte Robert Andrea nur geheiratet, um eine Frau zu haben, die seine Erben für das Unternehmen zur Welt brachte und den Haushalt versorgte, während er sich mit seiner Geliebten vergnügte. Sex mit der prüden Andrea sei ihm zu langweilig, sagte er.

An einem Tag hatte Andrea weinend im Park gesessen, nachdem Robert sich für eine Woche auf Geschäftsreise verabschiedete. Er hatte keinen Hehl daraus gemacht, dass seine Geliebte ihn begleiten würde. Außerdem mahnte Robert sie, sich bei seiner Rückkehr anständig für ihn anzuziehen, um seine Lust zu wecken, weil er bei seiner Rückkehr endlich seinen Sohn zeugen wolle.

Plötzlich hatte ein Mann Andrea angesprochen, gefragt, warum sie weinen würde. Ohne nachzudenken hatte sie ihm ihr Herz ausgeschüttet. Er hatte sie in den Arm genommen, ihr zugehört. Weil es zu regnen begann, hatte er sie mit auf sein Hotelzimmer genommen, wo sie sich dann geliebt hatten.

Als Robert von seiner Reise zurückkam, hatte er vier Wochen lang jeden Abend die Erfüllung der ehelichen Pflichten von Andrea eingefordert. Nachdem feststand, dass Andrea endlich wieder schwanger war, hatte Robert sie nicht mehr angerührt. Er war wieder regelmäßig zu seiner Geliebten gegangen, während Andrea hoffte, dass ihr Seitensprung ohne Folgen geblieben war, dass das Kind von Robert stammte und ein Sohn sein würde.

Und nun war das Schlimmste geschehen. Elsa war wütend auf ihre Tochter, beschimpfte sie als Flittchen, das ihrer dreier Zukunft ruiniert habe.

Andrea hoffte noch immer, dass Robert zu ihr zurückkehren würde, doch sie hoffte vergebens. Längst hatte er sich nach einer anderen Mutter für seine Erben umgeschaut.

Am Tag als die Scheidung ausgesprochen wurde nahm Andrea sich das Leben. Das Jugendamt ließ das Kind bei der Großmutter, zahlte für die Betreuung gut zusätzlich zur Waisenrente.

Elsa verbrauchte das meiste Geld für sich, achtete aber darauf, dass man ihr keine Vernachlässigung des Kindes vorwerfen konnte. Ihr erstes neues Kleidungsstück bekam Leonie im Alter von dreizehn Jahren, weil sie sich weigerte, nur die unmodischen Sachen aus der Altkleidersammlung aufzutragen, und damit drohte, die Großmutter beim Jugendamt zu verpetzen.

Das Feuermal war entgegen der Vorhersagen der Ärzte nicht kurz nach der Geburt verschwunden, sondern hatte sich umso deutlicher von den anderen Hautpartien abgegrenzt. Die anderen Kinder in der Schule hänselten Leonie deswegen. Auch die Lehrer behandelten sie nicht wie ein normales Kind, sondern starrten immer wieder wie gebannt auf ihre Stirn. Leonie versuchte, das Feuermal hinter einem Pony zu verbergen, doch ihre Haare waren störrisch, sprangen durch Wirbel immer wieder beiseite und offenbarten ihren Makel.

Als sie älter wurde versuchte Leonie das Mal mit Schminke zu verbergen. Wenn ihre Großmutter es bemerkte, zwang sie Leonie, sich wieder abzuschminken. Dazu beschimpfte sie Leonie jedes Mal als liederliches Gör, dass einmal in einem Bordell enden würde.

***

Die Schulzeit neigte sich dem Ende zu und Leonie musste sich für einen Beruf entscheiden. Sie war verzweifelt. Gern wäre sie viel gereist, wollte in einem Reisebüro oder als Flugbegleiterin arbeiten. Sie bewarb sich, wurde zum Verstellungsgespräch eingeladen. Doch sie schaffte es nicht, ihr Feuermal ausreichend zu verstecken. Einen Vertrag bekam sich nicht.

Dann suchte sie nach Berufen mit möglichst wenig Kontakt zu anderen Menschen. Sie wurde Buchhalterin, beschäftigte sich mehr mit Zahlen, nicht mit Menschen. Leonie war einsam, wünschte sich Kontakt zu Gleichaltrigen. Doch die Großmutter ließ sie nicht aus den Augen, überwachte Leonies Kontostand und gab ihr nur ein mageres Taschengeld.

Kurz nachdem Leonie ihre Ausbildung abgeschlossen hatte und vom Betrieb übernommen worden war, starb die Großmutter. Dem Betrieb ging es nicht besonders gut, das konnte Leonie erkennen. So beschloss sie, sich in eine andere Stadt zu bewerben, wo sie niemand kannte und von ihrem Feuermal wusste.

Es funktionierte: Leonie bekam einen Arbeitsplatz in Düsseldorf. Das Gehalt war deutlich höher als in ihrem Heimatort im Ruhrgebiet. So konnte sie sich schnell ein finanzielles Polster schaffen.

Aber Leonie war noch immer einsam, wünschte sich einen Mann, der ihr Leben mit ihr teilte. Außerdem wollte sie gern Kinder haben. Sie war zu schüchtern, um allein auszugehen. Deshalb meldete sie sich bei einer Partnerbörse im Internet an.

Es dauerte lange, bis sie das erste Treffen mit einem realen Mann hatte. Aber dann landete sie einen Glückstreffer: Wolfgang war ihr im Netz sofort sympathisch. Er war ein ernster, bodenständiger Mensch, kein Luftikus. Außerdem teilte er ihre Hobbies. Leonie vertraute ihm schnell, traf sich mit ihm. Trotz allem wagte sie nicht, ihm von dem Feuermal zu erzählen, schminkte es bei jedem Treffen sorgfältig über.

Nach drei Monaten machte Wolfgang ihr einen Heiratsantrag. Leonie war im siebten Himmel. Beide wohnten sie in sehr kleinen Wohnungen. So beschlossen sie, direkt nach der Hochzeit in eine gemeinsame größere Wohnung zu ziehen. Schnell wurden sie fündig, mieten eine Wohnung, die beiden gefiel. Bis zu Leonies Arbeitsplatz war es recht weit, aber sie wollte nach der Hochzeit ohnehin nicht mehr arbeiten. Sie wollte sich lieber nur noch für ihren Mann und die Kinder da sein, die hoffentlich bald kommen würden.

Wolfgang kümmerte sich um die Beschaffung der Möbel. Da Leonie in einem kleinen Zimmer mit uralten Möbeln wohnte, die sie von Großmutter Elsa nach deren Tod übernommen hatte, fand sie es angemessen, Wolfgang reichlich Geld für schöne Möbel zu geben. Leonie sah sich die Einrichtung vor der Hochzeit nicht an. Sie wollte als Braut über die Schwelle in das Heim ihres Mannes getragen werden und sich am nächsten Morgen von der Einrichtung überraschen lassen.

Leonie kündigte ihr Zimmer und ihre Arbeitsstelle zum letzten Märztag, zog für die letzte Woche vor der Hochzeit, die am siebten April stattfinden sollte, in ein Hotel. Die Möbel brachte sie alle auf den Sperrmüll. Andere Dinge hatte sich nicht, ihre Zeugnisse hinterlegte sie in einem Bankschließfach. So war die Kleidung, die in einen Koffer passte, neben dem Geld auf ihrem Bankkonto, dass durch die Wohnungseinrichtung schon deutlich reduziert war, das einzige, was sie mit in ihre Ehe und die neue Wohnung brachte.

Die Hochzeit fand in einem recht kleinen Kreis statt. Leonie hatte weder Verwandte noch Freunde und auch Wolfgangs Eltern waren bereits gestorben. So feierten sie nach der standesamtlichen Trauung mit einigen Freunden von Wolfgang, gingen erst in einem einfachen Restaurant essen und tanzten dann noch in einer Bar.

Als sie in ihrer ehelichen Wohnung ankamen, um die Hochzeitsnacht zu zelebrieren, war Leonie verschwitzt und beschwipst. „Lass mich noch schnell duschen, bevor wir ins Bett gehen", sagte sie zu Wolfgang und war schon im Badezimmer verschwunden. Sie schminkte sich ab, duschte ausgiebig und zog dann das Nachthemd über, dass sie sich extra für die Hochzeitsnacht gekauft hatte und das eigentlich nur ein Hauch von Nichts war.

Beschwipst, wie sie war, bemerkte sie nicht, dass Wolfgang das Feuermal auf ihrer Stirn entsetzt betrachtete. Sie legte sich zu ihm ins Bett und wartete aufgeregt darauf, dass er sie zu seiner Frau machen würde. Doch nichts geschah ...

16

„Ich bin zu betrunken", murmelte er. „Ich will dir eine schöne Nacht bereiten. Lass uns daher bis morgen warten, damit ich vorher meinen Rausch ausgeschlafen habe." Leonie war einerseits enttäuscht, freute sich aber andererseits über seine Rücksichtnahme. Sie würden ja noch viele gemeinsame Nächte haben, sagte sie sich beim Einschlafen.

***

Als sie am nächsten Morgen erwachte, war Wolfgang schon verschwunden. Leonie zog sich in Ruhe an, wanderte dann durch die Wohnung. Sie war sehr spartanisch eingerichtet. Der Kühlschrank war übersichtlich gefüllt. Leonie, überlegte, ob sie den Tisch für ein gemeinsames Frühstück decken sollte, als Wolfgang die Wohnungstür öffnete. Er sah wütend aus.

„Du hast mich betrogen. Ich werde die Ehe annullieren lassen!", schrie er sie an.

„Aber warum?", stotterte Leonie. „Ich bin noch Jungfrau."

„Das ist mir egal! Glaubst du, ich werde mich mit einer Frau zeigen, die mit so einem Teufelsmal gezeichnet ist? Du hättest mir davon vor der Hochzeit erzählen müssen. Ich will keine Kinder, die so ein Mal im Gesicht haben."

Leonie brach in Tränen aus, doch Wolfgang beschimpfte sie weiter. Dann nahm er ihre Tasche, warf sie in den Flur. Er packte Leonie am Arm, schleifte sie zu seinem Auto und warf sie auf den Rücksitz. Leonie wollte aussteigen, doch sie konnte die Tür nicht öffnen. Er hatte die Kindersicherung aktiviert.

Er raste auf die Autobahn, fuhr in eine Gegend, die Leonie nicht kannte. Sie versuchte sich die Namen der Orte zu merken, doch sie schaffte es nicht. Nach Stunden hielt er in einem Industriegebiet an, warf sie aus seinem Auto.

„Wage nicht, dich noch einmal in meinem Leben zu zeigen!", waren die letzten Worte, die Leonie von ihrem Ehemann hörte. Wie betäubt blieb sie lange Zeit stehen.

Irgendwann fing ihr Kopf wieder an zu arbeiten. Wo war sie und wohin sollte sie gehen? Leonie wusste es nicht, und es war ihr auch egal. Ihr Leben war zerstört. Sie hatte weder Geld, Arbeit noch ein Dach über dem Kopf. Mechanisch setzte sie einen Fuß vor den anderen. Irgendwann fand sie sich auf Straßenbahnschienen wieder. Als eine Bahn näherkam, ließ sie sich einfach davor fallen.

***

Als sie erwachte, hatte Leonie Kopfschmerzen. Sie lag in einem Bett. Ein freundlicher älterer Mann lächelte sie an. War dies der Himmel?

„Schön, dass sie wieder bei uns sind", sagte er. „Sie haben uns und vor allem dem Fahrer der Straßenbahn einen ganz schönen Schrecken eingejagt."

Leonie versuchte, sich zu orientieren.

18

„Sie sind in einem Krankenhaus."

Der Mann legte ihr beruhigend eine Hand auf den Arm.

„In Erfurt", fügte er nach einiger Zeit hinzu.

„Wie komme ich hierher?", flüsterte Leonie. Ihr Hals war trocken.

„Das würden wir gern von Ihnen wissen", hörte sie eine andere Stimme. „Wie sie ins Krankenhaus gekommen sind, wissen wir. Aber wer sie sind und wie sie nach Erfurt gekommen sind, wüssten wir gern von Ihnen."

Leonie schaute in Richtung der Stimme und erblickte einen jungen Polizisten. Dann schaute sie wieder auf den älteren Mann. Der blickte tadelnd in Richtung des Polizisten und sagte: „Als Arzt verordne ich der jungen Dame erstmal Ruhe. Wenn sie sprechen mag, darf sie gerne antworten. Wenn sie es nicht will, sollten Sie jetzt den Raum verlassen."

Der Polizist versuchte zu widersprechen: „Aber ich muss doch herausbekommen, wer sie ist, nachdem sie ohne Papiere hier aufgefunden wurde. Und eine Vermisstenmeldung, bei der die Personenbeschreibung auf sie passt, habe wir auch nicht. Da sind wir sicher, denn die Frau hat ja eindeutige Merkmale zur Identifikation."

Nun brach Leonie in Tränen aus.

„Raus!", donnerte der Arzt den jungen Polizisten an. „Was lernt ihr eigentlich auf der Schule? Menschlichkeit wohl nicht."

„Nein, warten Sie", stammelte Leonie. „Er darf ruhig zuhören." Und so erzählte sie ihre Geschichte.

„Habe ich es richtig verstanden?", fragte der Polizist nach, als Leonie schwieg. „Ihr Mann hat sie am Tag nach der Hochzeit ohne Geld und Papiere hier ausgesetzt, nur weil sie einen Fleck im Gesicht haben?"

Leonie konnte nichts sagen, nickte nur.

„Würden Sie Ihre Aussage später noch einmal wiederholen, wenn ein Kollege da ist, damit wir es zu Protokoll nehmen können?", sagte er mit zitternder Stimme. Dann stockte er. „Es tut mir leid, dass ich Sie quälen muss, aber so sind nun einmal die Formalien."

Leonie nickte. Dann verließ er den Raum. Der Arzt blieb bei ihr. „Körperlich sind sie bis auf ein paar Schrammen gesund", sagte er nachdenklich zu Leonie. „Aber ihre Seele hat Schaden gelitten. Und das nicht erst durch das Verhalten Ihres Mannes, sondern schon viel früher."

Leonie zuckte mit den Schultern.

Der Arzt sprach weiter: „Ich mache mir große Sorgen um sie. Sie sind so eine wunderschöne, junge Frau."

Nun sah Leonie ihn wütend an.

„Tut mir leid, dass ich das so sage. Das ist nur unsere blöde Gesellschaft hier, die sie wegen ihres Feuermals mobbt. In anderen Kulturen wurden solche Auffälligkeiten als Glücksbringer gesehen. Und irgendwo habe ich diese Form schon einmal gesehen. Ich weiß nur nicht wo."

Leonie antwortete wütend: „Ich soll also irgendeine Gegend mitten im Urwald finden, wo ich als völlig normal angesehen werde? Nein – ich mag nicht mehr. Ich will nicht mehr leben."

„Bitte beruhigen Sie sich doch, so war es nicht gemeint", sagte der Arzt. „Auch hier gibt es genug Menschen, die nicht auf das Aussehen, sondern auf den Menschen dahinter schauen. Solche haben Sie leider nur bisher noch nicht gefunden." Er hielt ihr einen Becher mit einer Flüssigkeit hin: „Bitte trinken Sie. Es ist ein leichtes Schlafmittel. Morgen sieht die Welt schon wieder ganz anders aus."

Als sie am nächsten Tag spät erwachte, saß der junge Polizist an ihrem Bett. Er wirkte etwas nervös.

Leonie sah ihn müde an: „Sie warten sicher darauf, dass ich meine Aussagen zu Protokoll gebe ..."

„N... Nein", stotterte er. „Ich habe heute meinen freien Tag. Eigentlich wollte ich Ihnen Blumen bringen, um mich für mein schlechtes Benehmen gestern zu entschuldigen. Ich hatte meine Schwester gefragt, damit die mir beim Aussuchen hilft. Aber sie meinte, dass ich

Ihnen etwas mitbringen soll, das Sie länger nutzen können. Meine Schwester ist Schneiderin und hat mir eines ihrer Ausstellungsstücke mitgegeben."

Er hielt ihr eine Tasche hin. Leonie nahm das Teil heraus und hielt vor Staunen die Luft an. Es war ein wunderschönes Kleid, dass offensichtlich genau ihre Größe hatte. Noch nie hatte sie etwas so Schönes besessen.

„Probieren Sie es doch mal an", sagte der junge Polizist nun ganz aufgeregt.

„Aber ich bin doch total schmutzig und verschwitzt", protestierte Leonie.

„Das kann man ändern", hörte sie daraufhin die Stimme des Arztes. „Wir haben hier im Krankenhaus auch Duschen. Die Pfleger geben Ihnen auch gern ein frisches Handtuch."

Leonie genoss das warme Wasser auf ihrer Haut, wusch auch ihre Haare gründlich. Sie hatte das Gefühl, den Schmutz abzuwaschen, den Wolfgang auf ihrem Körper hinterlassen hatte. Mangels sauberer Unterwäsche stieg sie nackt in ihr Kleid und ging wieder in das Zimmer zurück. Als sie es betrat, schauten Arzt und Polizist sie bewundernd an.

Bevor Leonie etwas sagen konnte, betrat eine Frau das Zimmer und die Männer entfernten sich schnell.

Die Frau ging auf Leonie zu, reichte ihr die Hand und stellte sich vor: „Ich bin Chandni Rani, Psychologin hier im Haus. Wenn Sie mögen, würde ich mich gern mit ihnen unterhalten."

Leonie schaue sie an. Etwas war merkwürdig an der Frau und es war nicht der Name. Dann kam sie darauf. Die Frau hatte zwei Gesichter. Nein, das stimmte nicht. Die beiden Gesichtshälften waren grundverschieden. Die linke Hälfte war das Gesicht einer bildschönen Frau. Rechts hatte sie eine hässliche Maske aufgesetzt, so als bestünde diese Gesichtshälfte nur aus Narben. Was wollte die Frau damit ausdrücken?

Die Psychologin sagte nichts, beobachtete Leonie nur. „Wollen wir uns setzen?", fragte sie nach einer Weile und wies auf den Tisch in Leonies Krankenzimmer.

Leonie nickte und ging zum Tisch.

„Sie warten sicher darauf, dass ich meine Maske abnehme", sagte die Psychologin, als sie beide am Tisch saßen.

Leonie war unsicher, wusste nicht, was sie antworten sollte.

„Ich kann die Maske nicht abnehmen. Es ist mein Gesicht."

Erschüttert sah Leonie die Frau an.

Die lächelte: „Sehen Sie es positiv. Ich komme aus Indien. Dort gelten Mädchen nicht viel. Man versuchte, mich umzubringen, um Geld zu sparen. Mein Vater wollte mich in heißem Öl zu ertränken. Ich habe überlebt, konnte fliehen, kam mittellos nach Europa. Hier erhielt ich eine gute Schulbildung. Und glauben Sie mir, es gibt Menschen, die schauen nicht nur nach dem Äußeren. Sonst wäre ich jetzt nicht verheiratet. Ich habe zwei wunderschöne Töchter mit meinem Mann, der mir dann noch einen Herzenswunsch erfüllte und mir mein Studium finanzierte."

Leonie dachte nach. Verglichen mit dem Schicksal dieser Frau war ihr Feuermal nur ein kleiner Schönheitsfehler.

„Trotzdem habe ich lange gebraucht, mich an mein Aussehen zu gewöhnen und dabei auch professionelle Hilfe in Anspruch genommen. Ich denke, dass sollten Sie auch tun, um ein neues Leben zu beginnen."

„Wozu?", sagte Leonie. „Ich habe nie Glück gehabt und werde es auch nicht haben. Ich bin ein Unglückskind, hat meine Großmutter immer gesagt."

„Ich habe gelernt, dass Menschen, die mit sogenannten Schönheitsfehlern gezeichnet sind, ganz besondere Menschen sind, die ungewöhnliche Wege gehen und Außergewöhnliches vollbringen. Ich glaube, dass Sie auch so ein Mensch sind. Geben Sie Ihrem Leben und Ihrem Schicksal noch eine Chance. Auch auf Sie wartet das Glück, da bin ich sicher."

Leonie brach in Tränen aus.

Als sie sich wieder beruhigt hatte, sah die Psychologin sie ernst an: „Erzählen Sie mir von Ihren Träumen! Was möchten Sie gern tun? Was war Ihr eigentliches Berufsziel? Ich kenne Sie ja noch nicht lange, aber ich bin davon überzeugt, dass ein Leben als Buchhalterin nicht wirklich zu Ihnen passt."

Leonie zögerte einen Moment, dann erzählte sie, wie gern sie Reisen wollte, aber die geizige Großmutter nie Geld dafür gab. Außerdem erzählte sie von ihren erfolglosen Bewerbungen im Reisebüro und als Flugbegleiterin.

Die Psychologin dachte einen Moment lang nach. Dann fragte sie: „Mögen sie das Meer?"

Leonie schniefte: „Ich war noch nicht dort. Ich weiß es nicht. Aber ich habe immer davon geträumt, Urlaub auf einer kleinen Insel mitten im Meer zu machen."

Ihr Gegenüber nickte zufrieden: „Gut, dann werde ich mit dem Arzt sprechen. Er möchte sie gern zu einer Reha schicken. Ich kenne eine gute Kurklinik in Büsum – das liegt direkt an der Nordsee – wo man sich darauf spezialisiert hat, leidende Seelen zu heilen."

„Ich war übrigens auch dort in Behandlung", fügte sie nach einer kurzen Pause noch hinzu.

Eine Zeitlang schwiegen die beiden Frauen, während sich die Psychologin einige Notizen machte und in Leonies

Krankenakte blätterte. „Sie haben direkt vor ihrer Hochzeit ihren Arbeitsplatz gekündigt. Möchten Sie ihn wiederhaben?"

Leonie schüttelte den Kopf.

„Möchten Sie wieder an Ihren alten Wohnort ziehen?"

Wieder schüttelte Leonie den Kopf.

Nun lachte die Psychologin: „Sagen Sie doch einfach, was sie möchten!"

„Ich weiß es nicht", sagte Leonie ehrlich.

„Gut, dann mache ich Ihnen einen Vorschlag: Normalerweise gibt es höchstens vier Wochen Reha. Da bei Ihnen aber eine schwerwiegende Störung vorliegt, würde ich dafür sorgen, dass Sie erst einmal für mindestens sechs Wochen nach Büsum kommen. Wenn es Ihnen dort gefällt, nehmen sie einfach Kontakt zum Arbeitsamt auf. Saisonkräfte werden immer gesucht. Damit können Sie erst einmal wieder Lebensmittel und eine günstige Wohnung finanzieren."

„Und wenn es mir nicht gefällt?", fragte Leonie.

„Dann müssen Sie sich an ihrem letzten Wohnort arbeitslos melden und von dort neu starten, was ich Ihnen aber nicht empfehle."

***

Da sie außer dem, was sie auf dem Leib trug, dem geschenkten Kleid und einem ganz kleinen Rest von ihrem Erspartem auf einem Bankkonto nichts besaß, machte Leonie sich mit sehr kleinem Gepäck auf den Weg nach Büsum.

Zunächst versteckte sie sich in der Kurklinik, hatte Angst wegen ihres Feuermals ausgelacht zu werden. Zu den wenigen Gelegenheiten, an denen sie in den Ort ging, legte sie eine dicke Schicht Makeup über ihr Gesicht.

„So geht es nicht weiter", sagte eine Therapeutin eines Tages zu ihr. „Sie können das Mal nicht immer verstecken. Spätestens wenn Sie länger stark schwitzen oder es ausdauernd regnet – was hier im Herbst und Winter häufiger der Fall sein soll – wird es wieder sichtbar. Und dann werden sie komisch angeschaut. Zeigen Sie es doch gleich beim ersten Kontakt. Dann haben sie es hinter sich und sparen sich dieses anstrengende Versteckspielen."

„Sie hat ja recht", dachte sich Leonie. Trotzdem konnte sie sich nicht dazu durchringen, das Haus ungeschminkt zu verlassen.

Während der nächsten Gruppensitzung wartete eine Überraschung auf alle Teilnehmer: „Morgen geht es nach Helgoland!", verkündete die Therapeutin. „In Freizeitkleidung und ungeschminkt. Ziehen sie sich alle eine Hose, ein bequemes Oberteil und Sportschuhe an, denn sie werden größere Strecken gehen und müssen sich auf dem Schiff sicher bewegen können. Nehmen Sie dazu einen warmen Pullover und eine wind- und wasserdichte Jacke mit."

Leonie war aufgeregt, schlief in der Nacht kaum. Sie fuhr nach Helgoland, auf eine Insel mitten im Meer. Davon hatte sie schon immer geträumt. Allerdings hatte sie auch ein wenig Angst vor der Überfahrt. Sie hatte schlimme Dinge gehört von denen, die schon dort waren und bei der Überfahrt seekrank wurden.

Die Fahrt auf dem Schiff gefiel Leonie gut. Als der rote Felsen in Sichtweite kam, rief die Therapeutin noch einmal alle zusammen, um ihnen letzte Informationen für den Aufenthalt zu geben. „Wir werden gleich ausbooten", sagte sie. „Das heißt, dass dieses Schiff nicht im Hafen anlegen wird, sondern vor der Insel ankert und die Helgoländer uns dann mit kleineren offenen Booten, den Börtebooten, an Land bringen werden. Dazu müssen sie alle aus diesem Schiff in die Boote umsteigen. Hören sie auf die Anweisungen des Personals, damit es reibungslos klappt. Wichtig ist, dass die die Arme nach unten hängenlassen und dann im Boot nach soweit es geht nach hinten durchgehen und sich setzen."

Kurz danach stoppte das Schiff. Leonie war eine der letzten, die das Schiff verließen. Sie versuchte, sich auf die Anweisungen zu konzentrieren, stolperte dann aber vor Aufregung und fiel einem der Männer auf dem Boot direkt in die Arme. Er setzte sie auf eine Bank, ließ sie aber nicht sofort los, sondern starrte nur auf das Feuermal auf ihrer Stirn. Leonie war kurz davor, in Tränen auszubrechen. Dann schüttelte er sich, als erwachte er aus einer Trance, ließ Leonie los und ging zu seinen Kollegen. Als sie die Landungsbrücken erreichten, fasste er sie nicht mehr an, sondern überließ es einem Kollegen, ihr bei Aussteigen zu helfen.

Mutlos ging Leonie hinter den anderen her. Es kam selten vor, dass Menschen so abweisend auf ihr Mal reagierten. Sie verschwand auf der nächstgelegenen Toilette, bedeckte das Mal mit einer dicken Schicht Schminke und hoffte, für den Rest des Tages wie ein normaler Mensch behandelt zu werden.

Die Insel gefiel Leonie sehr gut, sie hatte fast das Gefühl, nach Hause gekommen zu sein. Die Reaktion des Mannes auf dem Börteboot hatte ihr aber trotzdem die Freude am Ausflug genommen. Beim Einbooten am Nachmittag sah sie den Mann allerdings nicht mehr.

Als sie wieder auf dem Schiff waren, sah die Therapeutin Leonie forschend an. Sicher hatte sie bemerkt, dass Leonie ihr Mal verdeckt hatte. Sie sagte aber nichts.

***

Drei Tage später wurde Leonie vom sie behandelnden Arzt zu einem Gespräch gebeten.

„Ihr Aufenthalt ist nun bald zu Ende. Haben Sie sich schon Gedanken über ihre Zukunft gemacht?"

Leonie schüttelte den Kopf.

Er sah sie ernst an: „Ich kann Ihnen nicht noch eine Verlängerung geben. Sie müssen wieder in die raue Welt hinaus."

„Ich würde gern hierbleiben", sagte Leonie leise. „Die Gegend gefällt mir und es ist nicht so hektisch wie in meiner alten Heimat. Ich lese schon seit zwei Wochen Stellenangebote, aber niemand scheint eine Buchhalterin zu suchen."

„Wollten sie wirklich wieder als Buchhalterin arbeiten?", fragte der Arzt ernst. „Ich glaube, sie sind unter Menschen besser aufgehoben. Zumindest dann, wenn die nicht ununterbrochen auf ihr Feuermal stieren."

„Aber ich habe doch nur das gelernt und kann nichts anderes", sagte Leonie verzweifelt.

„Das glaube ich nicht", sagte der Arzt. „Ich und auch meine anderen Kollegen, die sie in den letzten Wochen begleitet haben, sind sicher, dass Sie viel mehr können, als auf dem Papier steht. Außerdem ist man auf Helgoland auf Sie aufmerksam geworden und würde Sie gern näher kennenlernen, um Ihnen möglichweise ein Angebot zu unterbreiten."

„Wie das?", fragte Leonie neugierig.

„Genau weiß ich es auch nicht", sagte Arzt und hielt ihr ein Schreiben hin.

Der Inhalt war seltsam: Ein Helgoländer namens Boy R. Feeringer war bei ihrem Besuch auf der Insel auf Leonie aufmerksam geworden. Er war der Meinung, dass Leonie gut in sein Team passe und er eine Arbeit für sie hätte, die ihr gefallen könnte. Daher würde er sie gern zu einem Gespräch in seinen Geschäftsräumen auf der Insel einladen, um ihr Genaueres zu sagen. Er hatte die Kurklinik angeschrieben, da sie erkennbar zu der Gruppe gehörte, als sie auf der Insel war, und gebeten, den Brief an die Frau mit dem großen Feuermal auf der Stirn auszuhändigen.

„Gibt es ein Bordell oder eine Geisterbahn auf Helgoland?", fragte Leonie spontan.

„Wie kommen sie darauf?", fragte der Arzt erstaunt.

„Na ja, das einzige herausragende Eigenschaft, die dieser Herr Feeringer an mit beschreibt, ist mein Feuermal. Das scheint mich zu qualifizieren, bei ihm zu arbeiten. Da fallen mir nun mal so seltsame Geschäfte ein."

„Ich kann ihnen versichern, dass es ein seriöser Geschäftsmann ist, der sich selten in der Öffentlichkeit zeigt. Mehr kann ich ihnen nicht sagen, denn ich möchte, dass sie unvoreingenommen in das Gespräch gehen. Schauen sie sich das Angebot, doch einfach mal an. Eine Fahrkarte für die Funny Girl ist dem Schreiben beigefügt. Der Termin für die Überfahrt ist offengelassen, sie sollen einfach am Tag vorher anrufen und sich anmelden."

Leonie war hin- und hergerissen. Sie wollte in der Gegend bleiben. Helgoland hatte ihr trotz des unangenehmen Vorfalls auf dem Börteboot gut gefallen. Es würde nur einen Tag ihrer Zeit kosten. Und Zeit hatte sie – solange sie sich noch in der Kurklinik aufhielt – im Überfluss.

„Schauen wir doch mal, wie flexibel dieser Herr Feeringer ist", dachte sich Leonie und meldete sich kurz vor dem Abendessen zum Vorstellungsgespräch am nächsten Tag an.

Nach dem Abendessen überlegte sie, wie sie sich auf das Vorstellungsgespräch vorbereiten sollte. Ihre Zeugnisse lagen noch im Bankschließfach in Hilden. Die konnte sie nicht holen. Daher beschloss sie, einfach nur einen handgeschriebenen Lebenslauf mitzunehmen und machte sich an die Arbeit.

Aufgeregt bestieg sie am nächsten Tag das Seebäderschiff. Die Überfahrt dauerte ihr viel zu lange. Mit jeder Seemeile, die das Schiff zurücklegte, wurde Leonie nervöser.

Dann kam das Ausbooten. Diesmal war Leonie geschickter, verhielt sich so, wie die Männer auf dem Boot es von ihr verlangten. Sie hatte aber das Gefühl, dass einer der Männer ihren Arm deutlich länger als notwendig hielt. Die Hand war warm, es war ein wunderbares Gefühl. Als sie sich zu ihm hindrehte, stellte sie fest, dass es der Mann war, der ihr Feuermal beim letzten Besuch so eingehend betrachtet hatte. Hatte er was mit ihrem Stellenangebot zu tun? Nein – dies war nur ein einfacher Arbeiter, vermutlich ein Fischer, der sich mit dem Ausbooten etwas dazuverdiente, sagte Leonie sich. Trotzdem zogen seine Augen sie ihn ihren Bann.

Das Büro befand sich in der Straße Am Falm auf dem Oberland. Eine freundliche Sekretärin reichte ihr Kaffee. „Bitte entschuldigen Sie, es dauert noch einen Moment, bis Herr Andresen hier ist", sagte sie.

„Wieso Andresen?", fragte Leonie verwirrt. „Herr Feeringer hat mich doch eingeladen …"

In diesem Moment betrat ein älterer Herr, dem man seine vielen Jahre auf See ansehen konnte, den Raum. „Ja, Boy hat sie eingeladen und seinen Terminplan wieder nicht im Griff. Daher muss ich meinen Enkel bei dem Vorstellungsgespräch vertreten." Mit einer Geste lud er sie ein, in das Büro zu gehen. Als Leonie aus dem Fenster schaute stockte ihr der Atem. Sie sah den Hafen und dann Nordsee, soweit das Auge reichte.

Der alte Herr ließ Leonie Zeit, sich umzusehen, bevor er das Gespräch eröffnete: „Also, mein Enkel, der leider immer noch nicht sattelfest im Benehmen ist, will nun in das Kreuzfahrtgeschäft einsteigen. Er will allerdings aus der Masse herausstechen, indem er nicht ins Mittelmeer und die Karibik fährt, sondern mit seinem Schiff erstmal in Nord- und Ostsee bleibt. Das Schiff ist nicht so riesig wie die Bettenburgen, die sie von den Fotos her kennen. Er will ein kleines, aber feines Schiff, dass Menschen mit Handicap einen besonderen Service bietet."

Leonie konnte sich darunter nichts vorstellen, nickte aber.

„Dazu gehört eben auch, dass das Personal die Kunden, die in der Regel anders aussehen und möglicherweise andere Unterstützung benötigen als der durchschnittliche Billigkreuzfahrer nicht wegen ihrer Andersartigkeit anstarrt, sondern sie wie ganz normale Menschen behandelt. Für die erste Reise sucht er dazu einen Tester, der nicht nur auf seinem Schiff mitfährt, sondern auch bei Mitbewerbern, um Vergleiche anstellen zu können. Wichtig ist dabei, dass alles akribisch dokumentiert wird. Können Sie sich vorstellen, das zu leisten?"

„Ich bin Buchhalterin", rutsche es Leonie spontan heraus. Ansonsten konnte sie keinen klaren Gedanken fassen.

„Na, dann können Sie sicher alles haarklein aufschreiben", lachte der alte Herr.

Das Eis war gebrochen und Leonie entspannte sich. „Das klingt interessant. Ich komme zwar aus dem Binnenland, aber ich glaube, dass ich gern auf Schiffen bin."

„Wieso glauben Sie das?", fragte Herr Andresen nun neugierig.

„Ich habe mir als Kind immer gewünscht, mal eine Seereise zu machen. Aber ich durfte nie. Dann hat es mich aus Krankheitsgründen in eine Kurklinik nach Büsum verschlagen und ich durfte vor wenigen Tagen endlich einmal ein Schiff betreten. Obwohl – eigentlich wollte ich kneifen, weil ich Angst hatte, dass die Menschen mich wieder wegen meines Feuermals schikanieren. Und ich war so glücklich auf dem Schiff, so wie heute auch wieder."

In diesem Moment ging die Tür auf und ein Mann stürzte ohne Anklopfen in den Raum. Er schaute die beiden kurz an, ging dann auf Herrn Andresen zu und unterhielt sich mit ihm aufgeregt in einer Sprache, die Leonie noch nicht gehört hatte. Leonie beobachtete die beiden und erkannte, dass es der Mann vom Boot war, der sie jedes Mal so intensiv angesehen hatte. Auch jetzt warf er ihr während des Gespräches immer wieder prüfende Blicke zu. Nach wenigen Minuten verließ er den Raum wieder.

„Entschuldigen Sie bitte", sagte Herr Andresen nun. „Einer unserer Mitarbeiter in einer dringenden Angelegenheit. Vor lauter Aufregung hat er Halunder gesprochen, einen Dialekt der friesischen Sprache. Aber wo waren wir stehengeblieben?"

„Ich bin gern auf Schiffen", sagte Leonie nur.

„Ach ja, richtig!", strahlte der alte Mann sie an. „Ich denke, Sie sind die perfekte Mitarbeiterin für diese Aufgabe. Möchten Sie für uns arbeiten?"

„Ja", Leonie stockte. „Aber – was muss ich nun genau tun?"

„Neugierig sein und die Reaktion der Menschen beobachten", sagte Herr Andresen. „Und dann aufschreiben, wie das Personal mit Ihnen umgeht, besonders, nachdem Ihr Feuermal bemerkt wurde. Wir buchen und bezahlen die Kreuzfahrten, geben Ihnen ausreichend Geld mit, damit Sie den Service an Bord hinreichend testen können. Dazu erhalten Sie ein Gehalt, das dem einer Buchhalterin entspricht. Möchten Sie die Stelle?"

„Ja – gerne", sagte Leonie strahlend. „Auf Schiffen durch die Welt reisen und dazu noch bezahlt werden."

„Gut – wann könnten Sie anfangen? Und wo wohnen Sie? Ich würde Ihnen heute gern einen unterschriebenen Arbeitsvertrag mitgeben."

Daraufhin brach Leonie in Tränen aus und erzählte dem freundlichen alten Herrn von Ihrer Vergangenheit und ihrer unglücklichen Hochzeit.

„Aber das ist doch noch besser", strahlte er sie an.

Leonie verstand die Welt nicht mehr: „Wieso?"

„Naja, dann müssen Sie nicht weit zu Ihrem Arbeitsplatz reisen oder über einen Umzug nachdenken. Wir haben hier einige kleine Apartments für unsere Angestellten. Wenn Sie wollen, können Sie direkt am Ende Ihrer Kur dort einziehen. Ihr Arbeitsvertrag würde dann auch an dem Tag beginnen. Sie bekommen dann erst einmal ein Monatsgehalt als Vorschuss, damit Sie sich eine

Grundausstattung an Kleidung zulegen können. Unsere Sekretärin weist sie dann eine Woche lang in Ihre Aufgaben ein."

Er reichte Leonie ein Taschentuch, dass sie dankbar annahm. „Also, wann möchten Sie anfangen?"

„Freitag endet die Kur", sagte Leonie nur.

„Fantastisch", sagte Herr Andresen und öffnete die Tür. „Anne, kannst Du bitte den Arbeitsvertrag für Frau Schmidt fertig machen? Sie soll ihn heute Nachmittag gleich mitnehmen." Und zu Leonie sagte er: „Dann haben Sie übernächste Woche schon die erste Testkreuzfahrt von Kiel über Danzig nach St. Petersburg, danach nach Helsinki und wieder zurück nach Kiel. Boy hatte einfach schon mal eine Kabine ohne Namensnennung gebucht, wäre notfalls selbst gefahren. Ich hatte nicht zu hoffen gewagt, dass wir Sie schon für die Fahrt einsetzen können."

Mit einem unterschriebenen Arbeitsvertrag machte Leonie sich auf den Weg zu den Landungsbrücken. Sie war glücklich, konnte kaum glauben, dass Sie nicht wieder in ihre Heimat zurückmusste und freute sich nun erstmals auf das Ende ihrer Kur.

***

Heute war es soweit: Leonie verließ die Kurklinik in ihr neues Leben. Ihre Habseligkeiten passten in eine kleine Reisetasche. Trotzdem ging sie zusätzlich noch mit einem

Koffer auf die Reise. Nachdem das Personal der Klinik von ihrem neuen Arbeitsplatz gehört hatte, wurde gesammelt und Leonie den Koffer für den Start in eine glückliche Zukunft geschenkt.

Auch heute fuhr sie wieder mit der Funny Girl. Vor zwei Tagen hatte einen Brief von ihrem neuen Arbeitgeber bekommen. Er schickte ihr die bezahlte Fahrkarte und eine Nachricht mit einer Telefonnummer, die Leonie nach ihrer Ankunft auf der Insel anrufen sollte, um zu ihrer Wohnung gebracht zu werden.

Bei Ausbooten war der Mann, der Leonie immer so genau angeschaut hatte, nicht da. Sie war fast ein wenig enttäuscht, ihn nicht zu sehen, denn er gehörte für sie fast schon als Willkommensgruß der Insel dazu.

An den Landungsbrücken angekommen, ging sie erst einmal ein Stückchen aus dem Menschengewirr beiseite, um in Ruhe wegen der Schlüsselübergabe zu telefonieren. Noch während sie in ihrer Handtasche nach der Telefonnummer suchte, hörte sie eine Stimme: „Leonie?"

Leonie nickte.

„Willkommen auf Helgoland! Ich soll Sie zu Ihrer Wohnung bringen."

Sprachlos schaute Leonie ihn an. Es war der Mann, den sie heute im Börteboot vermisst hatte."

Er reichte Ihr die Hand: „Ich bin übrigens Rickmer. In unser Firma duzen wir uns. Darf ich du zu dir sagen?"

Leonie strahlte ihn an: „Aber natürlich!"

„Dann komm!"

Er nahm ihr Gepäck, zog sie auf eine Bank. „Setz dich. Wir lassen erstmal die Menschenmassen in Richtung Oberland verschwinden. Danach geht es sich leichter. Dein Apartment ist auf dem Oberland, leider ohne Meerblick. Aber das Meer wirst du bei deiner Arbeit noch oft genug sehen. Die Insel wird in an diesem Wochenende ziemlich voll werden, denn für das Wochenende ist gutes Wetter vorhergesagt. Ich empfehle dir, ein ruhiges Plätzchen zu suchen, solange die Seebäderschiffe da sind. Die Insel kannst du dir vorher oder hinterher anschauen. Da ist es deutlich ruhiger."

Er schaute sich um und nahm das Gepäck dann wieder auf. „So, nun haben sich die Tagestouristen auf den Oberland und in den Restaurants verteilt. Jetzt kommen wir ohne Geschiebe über den Lung Wai."

Am Ende der Straße befanden sich Treppe und Fahrstuhl zum Oberland. Rickmer buchte zwei Karten für den Fahrstuhl. Leonie sah ihn dabei fragend an.

Rickmer grinste: „Glaubst du, dass ich deine Koffer die Treppe hochschleppen möchte? Du kannst ja Treppensteigen, wenn du magst."

„N… Nein", stotterte Leonie. „Ich dachte nur, dass die Firmen alle ein Elektroauto haben. Damit hätten wir doch in einem Bogen aufs Oberland fahren können…"

„Die Gepäckkarren sind alle im Einsatz. Solange wollte ich nicht warten. Du bist sicher neugierig auf dein neues Zuhause."

Leonie sagte nichts, fragte sich nur, ob Rickmer ahnte, wie recht er damit hatte. Kurz danach betrat Leonie ihre neue Wohnung, ein kleines Apartment mit Kochgelegenheit.

„Der Kühlschrank ist fast leer", sagte Rickmer. „Einkaufen kannst du heute noch."

Trotzdem ging er zum Kühlschrank, holte eine Flasche Sekt heraus. Zwei Sektgläser standen schon auf den Küchentisch bereit. Er öffnete die Flasche, füllte beide Gläser und reichte Leonie eins. Dabei berührten sich ihre Hände und Leonie lief ein warmer Schauer über den Rücken.

„Ein kleiner Willkommensgruß von deinem neuen Arbeitgeber. Auf dass du dich hier auf der Insel wohlfühlst." Und nach einer kurzen Pause sagte er: „Du gehörst hier her. Schließlich trägst du die die Umrisse von Helgoland in deinem Gesicht."

Leonie wäre vor Schreck fast das Glas aus der Hand gefallen. „Wie meinst du das?", fragte sie wütend.

„Dein Feuermal – hat dir noch nie jemand gesagt, dass es wie eine Landkarte von Helgoland aussieht?"

Sanft nahm er Leonie in den Arm und führte sie zu einem Spiegel. In der anderen Hand hielt er einen Prospekt, der die Umrisse von Helgoland zeigte. „Schau, links ist die Hauptinsel und rechts die Düne. Das ist mir gleich aufgefallen, als ich dich zum ersten Mal beim Ausbooten sah. Deshalb habe ich dich so angestarrt. Das ist für mich ein Zeichen, dass du auf diese Insel gehörst. Unser Chef Boy hat dich dann irgendwo beim Einkaufen gesehen. Ihm hat deine kritische Art gefallen, deshalb hat er dir das Angebot gemacht."

„Ihr Helgoländer seid seltsame Leute", murmelte Leonie nur. „Wenn das so ist, dass ich mit Helgoland gezeichnet bin, sehe ich das mal als positives Zeichen für den Start."

Rickmer strahlte sie an und prostete ihr erneut zu. Bald war die Flasche leer und Leonie fühlte sich etwas beschwipst. „Nun muss ich wieder zu den Landungsbrücken und beim Einbooten helfen", riss Rickmer sie aus ihren Träumen. „Richte dich erstmal ein bisschen hier ein. Um 19 Uhr holt dich Boys Sekretärin ab. Der alte Andresen lädt dich zum Essen ein, um mit dir die ersten Aufgaben zu besprechen."

„Was soll ich nur anziehen?", schoss es Leonie durch den Kopf.

„Du musst dich nicht fein machen", Rickmer schien ihre Gedanken zu lesen. „Er möchte nur nicht, dass du gleich an ersten Tag Stress mit der Nahrungsbeschaffung hast. Du sollst in Ruhe ankommen. Und da Boy sich mal wieder vor Verwaltungsarbeit drückt, wird der Alte dir zusammen mit Boys Sekretärin deine Arbeit und den ersten Terminplan vorstellen."

Leonie wunderte sich, wie frech Rickmer über seinen Chef sprach. Offensichtlich herrschte hier in den Firmen ein anderer Umgangston als in ihrer Heimat. Bevor sie antworten konnte, war Rickmer schon verschwunden. Den Wohnungsschlüssel hatte er auf dem Tisch liegen gelassen.

Leonie schaute auf die Uhr. Sie hatte noch fast vier Stunden bis sie abgeholt werden würde. Daher beschloss sie, erst einmal die notwendigsten Lebensmittel zu besorgen. Sie ging in den Lebensmittelladen auf dem Oberland und hatte schnell das Gewünschte zusammen. Viel war es nicht, aber wenn sie Herrn Andresen bei dem Vorstellungsgespräch richtig verstanden hatte, würde sie ohnehin nach weniger als einer Woche schon weder unterwegs sein.

Langsam war es an der Zeit, sich zum Essen umzuziehen. Leonie seufzte. Viel Auswahl hatte sie nicht. Ihre Besitztümer waren vermutlich noch in der Wohnung ihres Ehemannes, sofern der sie nicht genauso entsorgt hatte wie Leonie selbst. Irgendwann würde sie sich auch noch um die Scheidung kümmern müssen ...

Zuerst hielt sie eine dunkelblaue Bluse und eine blaue Hose in der Hand. Doch die Farben waren ihr zu dunkel.

Sie entschied sich für eine weiße Hose und eine rote Bluse. Als sie gerade umgezogen war, klingelte es schon an der Tür. Leonie öffnete.

„Guten Tag, Anne!", begrüßte sie die Sekretärin.

Die lachte Leonie an: „Du hast ein gutes Namensgedächtnis, Frau Schmidt. Leider ist meins nicht so gut, wie es bei einer Sekretärin normalerweise erwartet wird. Magst Du mir deinen Vornamen noch mal verraten?"

„Leonie."

Das Eis war gebrochen, Leonie entspannte sich. Nach wenigen Minuten hatten sie das Restaurant erreicht. Leonie staunte wieder einmal, wie kurz die Wege hier auf der Insel waren. Daran würde sie sich gewöhnen müssen.

„Wunderbar, Du trägst zwei der drei Helgoländer Farben", begrüßte Herr Andresen sie. „Das gefällt mir. Ich hatte schon befürchtet, du würdest in hanseatisch dunkelblau kommen."

Leonie errötete.

„Was ist?", fragte Herr Andresen. „Hab' ich dich beleidigt?"

Nun lachte Leonie schallend: „Nein, aber als ich überlegte, was ich heute zum Essen anziehen soll, hatte ich tatsächlich erst einmal die dunkelblaue Hose und Bluse in der Hand."

Wohlwollend schaute der Alte sie an: „Du gefällst mir, du bist ehrlich. Ich bin sicher, du passt zu uns." Er reiche ihr die Hand: „Ich heiße übrigens Andreas."

Leonie fragte sich noch, ob sie den älteren Herrn, der noch dazu ihr Vorgesetzter war, einfach so duzen könne, als der schon weiterredete. „Übersetzt heißt mein Name Andreas Andresen: Andreas, Sohn des Andreas. Inzwischen ändern sich die Nachnamen zwar nicht mehr in jeder Generation, aber es ist in meiner Familie Usus, dass der älteste Sohn den Namen Andreas erhält. Da ich aber nur eine Tochter habe und sie den Namen nicht mochte, ging der nicht an meinen Enkel über."

Anne sah ihn tadelnd an.

„Oh, ich merke an Annes Blick, dass ich schon wieder viel zu viel erzähle. Du hast sicher Hunger. Aber lass uns zuerst einmal auf unsere Zusammenarbeit anstoßen."

Er hob sein Glas. In diesem Moment merkte Leonie, dass auch vor ihr ein gefülltes Sektglas stand.

„Gibt es beim Essen etwas was du überhaupt nicht magst?" fragte Andreas nun.

Leonie schüttelte den Kopf.

„Gut dann fangen wir mit einer Krabbensuppe an und danach wirst du Knieper kennenlernen. Das ist eine Helgoländer Spezialität. Den Nachtisch darfst du dann nachher für uns aus der Dessertkarte aussuchen. Wir müssen doch wissen, was du bevorzugst, wenn du uns und die anderen Kreuzfahrer bewertest."

Leonie genoss das Essen mit Andreas und Anne.

Nach dem Essen gab Andreas ihr eine längere Liste: „Das ist deine Terminplanung für den ersten Monat. Wenn Du magst, kannst du morgen schon arbeiten. Die Insel wird furchtbar voll sein, wenn die Seebäderschiffe da sind. Wenn du aus dem Trubel entfliehen willst, kann Rickmer dir eine Einweisung in den typischen Aufbau von Kreuzfahrtschiffen geben und dir den darauf üblichen Tagesablauf beschreiben. Wenn du lieber frei haben möchtest, wirst Du am Montag oder Dienstag eine Kurzeinweisung von Anne bekommen, denn Rickmer ist für den Rest der Woche verplant.

Montag bis Donnerstag wird Anne dich dann im Büro einarbeiten, dir beschreiben, was genau deine Aufgaben sind und dich mit etwas Technik ausstatten. Freitag hast du frei und am Samstag startet deine erste Kreuzfahrt ab Kiel. Dann bist Du eine Woche hier auf Helgoland und danach geht es in die Nordsee und an der norwegischen Küste entlang. Ich hoffe, es wird dir nicht zu viel."

„Ich war lange krank und bin froh, dass ich endlich wieder arbeiten darf", sagte Leonie ehrlich. „Wenn es Rickmer nicht zu viel Arbeit macht, würde ich gerne morgen schon mit der Einweisung anfangen."

„Gut, dann holt er dich gegen zehn Uhr in deiner Wohnung ab."

Bald darauf verabschiedeten sie sich voneinander. Leonie fühlte sich wohl. Sie hatte den Eindruck, nicht nur einen Arbeitsplatz, sondern auch eine Familie gewonnen zu haben. Außerdem war ihr aufgefallen, dass außer ein paar Touristen niemand auf ihr Feuermal geachtet hatte. Sie schlief gut, träumte dabei, dass sie auf Helgoland heiraten würde. Das Gesicht ihres zukünftigen Mannes konnte sie nicht erkennen. Beim Aufwachen erinnerte sie sich daran, dass er eine Tätowierung auf der linken Schulter hatte. Es waren die Umrisse der Inseln, wie bei ihrem Feuermal.

Rickmer erschien pünktlich. Seltsamerweise brachte er sie nicht ins Büro, sondern führte sie in die andere Richtung nach Norden. Als er merkte, dass Leonie sich nicht zu fragen traute, wohin es ging, sagte er: „Wir haben noch fast anderthalb Stunden Zeit, bis das erste Seebäderschiff anlegt. Ich möchte dir die Insel erst einmal ganz in Ruhe zeigen, bevor wir uns im Büro verkriechen." Und so bekam Leonie erst einmal eine Führung über das Oberland.

Der Arbeitstag verging viel zu schnell. Leonie hing an Rickmers Lippen. Er erklärte ihr alles ganz genau und geduldig, ermunterte Leonie immer wieder zu fragen. Ab und zu berührten sich ihre Hände. Leonie genoss es und wünschte sich, dass er sie einfach festhalten und nie wieder loslassen würde.

Rickmer schaute auf die Uhr: „Feierabend. Ich habe dich schon viel zu lange gequält."

„Oh, ich habe gar nicht gemerkt, wie spät es schon ist."

Nun lachte er: „Du bist ja richtig arbeitswütig. Ich will dich aber nicht gleich überfordern. Dann gibt es Ärger mit dem Chef. Aber was hast du heute Abend vor?"

„Noch nichts, äh, vielleicht etwas kochen und noch lesen, bevor ich ins Bett gehe. Ich muss mich doch ordentlich vorbereiten und in der nächsten Woche wissen, wohin die Reise geht."

„Ich habe eine bessere Idee: Wenn Du unbedingt noch mehr wissen willst, lade ich dich heute auf der Düne zum Essen ein."

„Aber ..."

„Kein aber! Ich vermute, dass du ohnehin nicht viel zum Essen in deiner Wohnung hast. Außerdem ist Essen in Gesellschaft doch immer viel schöner. In der Woche kannst du dann für dich kochen."

Leonie widersprach nicht. Er hatte ja so recht. Fast schien es ihr, als könnte er ihre Gedanken lesen. Ob er vergeben war?

„Ich muss hier noch ein bisschen aufräumen. In einer Stunde hole ich dich in deiner Wohnung ab. Das Restaurant auf der Düne schließt früh. Zieh dich warm an, nimm etwas Wasserdichtes mit."

Leonie war irritiert. Es waren keine Wolken am Himmel zu sehen. Sollte es am Abend doch noch regnen?

„Ich sehe das Fragezeichen in deinem Gesicht", lachte Rickmer. „Ich würde gern draußen sitzen, da kann es gegen Abend kühl werden. Und falls du es noch nicht bemerkt haben solltest: Auf die Düne kommt man nur mit dem Boot. Daher bitte eine wasserdichte Jacke."

Natürlich, wie konnte sie nur so dumm sein. Leonie errötete.

„Alles gut", sagte Rickmer. „Du hattest ja noch wirklich nicht viel Zeit, dich mit den Gegebenheiten hier vertraut zu machen. Der Flugplatz ist übrigens auch auf der Düne."

In ihrem Apartment angekommen, suchte sich Leonie schnell ihre wärmsten Sachen. Richtig ausgehfein fühlte sie sich nicht, denn farblich passten die Sachen überhaupt nicht zusammen. Sie würde ihre ersten Gehälter wohl erst mal in anständige Kleidung für dieses raue Klima investieren müssen. Das Wetter war hier doch ganz anders als in ihrer Heimat, wo es um diese Zeit Anfang Juni oft schon sehr heiß war.

Bevor Rickmer kam, las Leonie noch ein wenig in ihrem Helgoland Prospekt. Tatsächlich, auf der Düne gab es ein Restaurant. Eine Fähre fuhr im Halbstundentakt von der Hauptinsel zur Düne. Tja, und die letzte Fähre von der Düne ging schon um kurz nach 21 Uhr. Es würde ein kurzer Abend werden.

Rickmer war pünktlich. Auf der Treppe hielt er an, zeigte ihr von oben den Flugplatz und die Lage des Restaurants. Leonie würde nervös. Wenn sie den Fahrplan richtig im

Kopf hatte, mussten sie sich beeilen, um die Fähre an den Landungsbrücken noch zu erreichen.

Rickmer ging weiter und Leonie folgte im. Auf dem Lung Wai bog er plötzlich nach links ab.

„Aber wir müssen doch zu den Landungsbrücken, zur Dünenfähre", protestierte Leonie.

„Die fährt abhängig von den Windverhältnissen manchmal auch aus dem Nordosthafen", antworte Rickmer knapp. „Aber das ist auch egal. Wir nehmen eins von unseren Börtebooten, dann haben wir mehr Zeit und müssen nicht hetzen, um die letzte Fähre zu bekommen."

Leonie wunderte sich darüber, mit welcher Selbstverständlichkeit er über das Eigentum seines Arbeitgebers verfügte. Helgoländer schienen eben besondere Menschen zu sein und Boy Feeringer ein ganz besonderer Chef. Wann würde sie ihn wohl kennenlernen?

Rickmer half ihr ins Boot, legte dann ab. Er fuhr deutlich langsamer als beim Ausbooten. Leonie genoss die kurze Fahrt zum Dünenhafen. Es war deutlich angenehmer als die beengte, schnelle Fahrt vom Seebäderschiff zu den Landungsbrücken.

Auf der Düne führte Rickmer sie zuerst zum Friedhof der Namenlosen. Dann gingen sie zum Restaurant.

Es war ein wunderbarer Abend. Leonies Blicke wanderten zwischen Rickmer und dem faszinierenden Ausblick auf die Nordsee hin und her. Kurz bevor das Restaurant schloss, hatte Rickmer es plötzlich sehr eilig zum Dünenhafen zu kommen.

„Was hast Du?", lachte Leonie. „Hast du Angst die Fähre zu verpassen?"

„Nein", sagte Rickmer ernst. „Mir ist gerade eingefallen, dass ich dir heute noch etwas sehr Wichtiges zeigen muss. Ich weiß nicht, wann ich das nächste Mal die Gelegenheit dazu habe. Morgen verreise ich, wir sehen uns frühestens wieder, wenn du von deiner ersten Kreuzfahrt zurück bist."

„Wohin willst du?", fragte Leonie überrascht, als Rickmer mit dem Börteboot nicht die Hauptinsel ansteuerte, sondern zwischen Insel und Düne nach Norden fuhr.

Nach einiger Zeit verringerte er das Tempo, so dass das Boot fast auf der Stelle stand: „Schau genau hin!"

Leonie stockte der Atem: Die Sonne ging gerade unter. Sie hatte freien Blick auf das Meer, nichts war zwischen ihr und dem Horizont. Das Farbenspiel berauschte sie. Leonie bewegte sich nicht, schaute nur in Richtung Sonnenuntergang und hatte das Gefühl in einer ganz anderen Welt zu sein.

Einige Zeit nachdem die Sonne längst untergegangen war berührte Rickmer sie sanft am Arm. Leonie schien es, als würde sie aus einem Traum erwachen. Mit Tränen in den Augen sagte sie zu Rickmer: „Ich habe noch nie etwas so Schönes erlebt."

Rickmer nahm sie in den Arm: „Du bist jetzt auf Helgoland. Nun kannst du jeden Tag aufs Oberland gehen und die die Sonnenuntergänge über dem Meer anschauen." Nach einem kurzen Moment küsste er sie auf die Stirn, genau auf ihr Feuermal: „Diese Insel ist deine Bestimmung." Dann nahm er wieder Kurs auf den Hafen.

Am nächsten Morgen fragte sich Leonie, ob sie den Abend nur geträumt hatte. Doch als sie den Dünensand aus ihren Schuhen schüttelte, wusste sie, dass die diesen wunderbaren Abend tatsächlich erlebt hatte. Beschwingt ging sie ins Büro.

Anne stattete sie zuerst einmal mit Handy und einem kleinen Laptop aus, damit Leonie auf den Reisen zeitnah ihre Eindrücke dokumentierten konnte. Sie hatte schon eine Menge Checklisten erstellt, so dass es Leonie leichtfallen würde, die gewünschte Dokumentation zu erstellen.

Am frühen Nachmittag bat Andreas Leonie in sein Büro, um ihr einige Anweisungen zu geben. Nach kurzer Zeit rauschte eine jüngere Frau ohne anzuklopfen in das Büro. „Wo treibt sich Boy schon wieder rum?", fragte sie wütend.

„Er ist auf dem Festland, weil er dort noch einige Dinge erledigen muss. In welchem Land der Erde er sich gerade herumtreibt kann ich dir leider nicht sagen, denn er ist ein erwachsener Mensch und muss sich nicht bei seinem Opa abmelden", sagte Andreas gelassen.

Sie bemerkte Leonie: „Mein Gott, können Sie sich nicht ordentlich schminken? Sie vergraulen ja die Kunden."

Tränen stiegen Leonie in die Augen. Gleichzeitig merkte sie, dass Andreas wütend tief Luft holte, um etwas zu sagen.

Die Frau redete weiter: „Falls Boy sich hier in der Firma meldet, erinnert ihn gefälligst daran, dass wir am Wochenende zur Hochzeit meiner besten Freundin geladen sind. Er hat dort zu erscheinen."

Türenknallend verließ sie das Büro. Leonie zog den Kopf ein.

„Boys Eheweib", sagte Andreas achselzuckend. „Seine Eltern sind früh gestorben, er ist bei mir und meiner Frau, die leider auch schon als Engel auf uns herabschaut, aufgewachsen. Als braver Enkel hat er uns alle seine Freundinnen vorgestellt. Als er mit Xenia – so heißt diese Xanthippe – aufkreuzte, waren meine Frau Beeke und ich uns einig, dass er sie in der Vorstellungsrunde auch gern hätte auslassen dürfen. Leider hat er sie dann kurz danach geheiratet. Sie hasst Helgoland, ist nicht gern auf der Insel. Zum Glück hat sie es nicht geschafft, ihn dazu zu bringen, mit ihr aufs Festland zu ziehen. Die Familie seines Vaters stammt zwar nicht von Helgoland, aber auch die Insel Föhr hat sehr gute Seefahrer hervorgebracht. Und Boy scheint sehr zum Ärger seiner Frau alle Seefahrergene seiner Vorfahren in sich zu vereinen."

„Ist sie oft hier auf der Insel?", fragte Leonie schüchtern.

„Nein, keine Sorge. Du wirst ihr nicht oft begegnen. Auf dem Wasser findest du sie nur bei sehr gutem Wetter, denn sie wird schnell seekrank. Dann protzt sie allerdings mit der riesigen Yacht, die ihr Vater ihr auf Pump zur Hochzeit geschenkt hat. Die ist genau wie Xenia, sieht außen gut aus, hat aber keine inneren Qualitäten und ist eigentlich nicht hochseetauglich."

Wieder einmal fragte Leonie sich, was für ein Mensch ihr Chef wohl sein mochte.

***

„Wir fahren zum Einkaufen aufs Festland", sagte Anne, als Leonie am nächsten Morgen ins Büro kam.

„Welches Schiff nehmen wir?", fragte Leonie spontan.

Anne lachte: „So viel Zeit haben wir nicht. Wir fliegen nach Tondern in Dänemark, denn da gibt es einfach modischere Kleidung als in anderen Orten an der deutschen Westküste. Du sollst auf dem Schiff ja gut aussehen. Am Samstagmorgen fliegst du dann schon nach Kiel zu deinem Schiff."

Sie nahmen die Dünenfähre, liefen dann quer über die Düne zum Flugplatz. Dort wartete der Pilot schon auf sie.

„Nein so teuer ist es nicht, schon beim normalen Tarif nicht." Anne schien ihre Gedanken lesen zu können. „Und Claas, der Pilot, ist ein alter Schulfreund von Boy, so dass fast alle aus der Firma Sonderpreise haben."

Leonie war noch nie in ihrem Leben geflogen, aber der Pilot flößte ihr Vertrauen ein, obwohl das Flugzeug sehr klein war. In den ersten zehn Minuten des Fluges war sie noch sehr verkrampft, doch dann entspannte sie sich und bewunderte die Landschaft unter ihnen. Ja, dies war ihre wahre Heimat, hier gehörte sie hin.

Anne nahm sich viel Zeit, passende Kleidung für Leonie auszusuchen, obwohl Leonie protestierte, dass sie viel zu viel kauften. „Du sollst doch nicht durch schäbige Kleidung auf dem Schiff ausfallen, sondern sehr gut gekleidet sein", widersprach Anne. „Nur dann können wir erkennen, ob du schlechter bedient wirst, weil du etwas anders aussiehst."

In diesem Moment wurde Leonie wieder bewusst, dass sie nur wegen ihres Feuermals eingestellt worden war. Auf Helgoland schien es niemanden von den Einheimischen zu interessieren. Aber wie würde man auf den Kreuzfahrtschiffen damit umgehen? Würde man sie wieder schief anschauen, Witze machen oder sie meiden? Leonie verspürte ein wenig Angst vor dem, was kommen würde.

**

Ihre ersten Tage auf Helgoland vergingen wie im Fluge und schon war der Tag ihrer ersten Kreuzfahrt gekommen. Vor lauter Aufregung schlief Leonie in der Nacht vorher schlecht.

Anne begleitete Leonie auf die Düne zum Flughafen. Rickmer war noch nicht wieder zurück auf der Insel, nachdem er am Montag früh morgens abgereist war. Leonie fragte sich, wo er wohl war. Sie vermisste seine Nähe.

Kurz danach war sie schon in der Luft, eine Stunde später in Kiel. Anne hatte ihre Anreise perfekt organisiert. Am Kieler Flughafen wartete ein Taxi auf sie, das sie in die Stadt zum Ostseekai brachte.

Das Einchecken brachte Leonie in die harte Realität zurück. Die Mitreisenden beobachteten sie kritisch, ein Kind zeigte auf ihr Feuermal. Auch bei der Passkontrolle wurde ihr Gesicht sehr kritisch beäugt. Leonie war kurz davor in Tränen auszubrechen, doch dann sagte sie sich, dass dies ja Teil ihrer Aufgabe war. Schließlich hatte sie ihre Arbeit als Kreuzfahrttesterin genau wegen ihres auffälligen Aussehens erhalten. Sie sollte prüfen, wie die Menschen auf ihr Feuermal reagierten. Dies galt insbesondere auch für die Besatzung. Im Kopf legte sie sich erste Sätze zur Bewertung zurecht, die sie aufschreiben wollte, sobald sie ihre Kabine bezogen hatte.

Als ihr die Kabine zugewiesen wurde, staunte sie. Es schien eine Außenkabine der höheren Preisklasse zu sein. Leonie war glücklich und freute sich auf die Reise.

Nach dem Ablegen ging Leonie aufs Sonnendeck, konnte sich am Anblick der Kieler Förde kaum sattsehen. Als es Zeit zum Abendessen wurde, ging Leonie ins Restaurant. Der Kellner wies ihr nach einigem Überlegen einen Platz an einem Tisch zu, an dem bereits ein Paar saß.

„Dies ist Ihr Platz während der gesamten Reise", sagte er.

Das Paar grüßte Leonie freundlich. Dann sah die Frau das Feuermal auf Leonies Stirn und ihre Augen weiteten sich vor Abscheu. Kurz danach stand der Mann auf. Aus den Augenwinkeln beobachtete Leonie, dass er heftig mit dem Kellner diskutierte. Worte konnte Leonie allerdings nicht verstehen. Nach einiger Zeit kam er mit zufriedenem Gesichtsausdruck zurück. Das Essen verlief schweigend, obwohl Leonie einige Male versuchte, ein Gespräch in Gang zu bringen.

Es war ein warmer Abend. Und so blieb Leonie nicht lange in dem Restaurant. Sie bestellte sich noch einen Cocktail und nahm ihn mit nach draußen aufs Sonnendeck. Leonie genoss den Blick aufs Meer, war zufrieden mit sich und der Welt. Der Sonnenuntergang war schön. Er berührte Leonie aber nicht so, wie der Sonnenuntergang, den sie zusammen mit Rickmer im Börteboot erlebt hatte.

Rickmer – wo mochte er wohl sein? Leonie überdachte die Tage mit ihm und stellte fest, dass sie sich wohl in ihn verliebt hatte. Ob er auch etwas für sie empfand? Sie wusste nichts über ihn und seine Familie.

Mit der Dunkelheit wurde es kühler und Leonie ging ihn ihre Kabine. Sie schlief gut.

Am nächsten Morgen herrschte beim Frühstück eine frostige Atmosphäre. Das Paar zeigte deutlich, dass ihm Leonies Anwesenheit zuwider war. Sollte sie um einen anderen Platz bitten? Sie ließ sich die Laune nicht verderben, beschloss aber, es in ihrem Reisetagebuch zu vermerken.

Der erste Reisetag war ein Seetag, den Leonie sehr genoss. Sie bemerkte aber, dass viele andere Passagiere ihn nicht schätzten. Sie planten ihre Landausflüge, suchten Zerstreuung im Wellnessbereich des Schiffes oder an der Bar, betranken sich.

Zum Abendessen wollte Leonie wieder ihrem Platz am zugewiesenen Tisch einnehmen. Als sie den Tisch erreichte, waren alle Plätze am Tische besetzt. Irritiert wandte Leonie sich an einen Servicemitarbeiter, der ihr den Grund nannte: „Ihre Platznachbarn haben heute Bekannte getroffen, die zufällig auch dieselbe Reise gebucht haben. Deshalb haben sie darum gebeten, für den Rest der Reise bei den Mahlzeiten gemeinsam an einem Tisch zu sitzen.“ Leonie konnte ihm dabei ansehen, dass es eine Notlüge war, nickte aber nur.

„Ich habe einen anderen Platz in Gesellschaft für sie organisiert", sagte der Mann dann und führte sie zu einem Tisch, der sehr weit von ihrem ursprünglichen Platz entfernt war. Zwei ältere Damen saßen an dem Tisch.

Leonie grüßte sie freundlich, setzte sich dann. Die beiden grüßten auch, beachteten sie dann aber nicht weiter, sondern setzten ihr Gespräch fort. Während der gesamten Mahlzeit schien es Leonie, als sei sie Luft für ihre Tischnachbarinnen. Leonie trug es mit Fassung. Immerhin war es angenehmer als offen von ihren Tischnachbarn mit Gesten und Mimik angefeindet zu werden.

Den Abend verbrachte sie warm angezogen wieder auf dem Sonnendeck.

Am nächsten Morgen waren Leonies Tischnachbarinnen auch wieder mit sich selbst beschäftigt. Leonie war es egal, sie freute sich auf den Landgang in Stockholm.

Beim Abendessen schienen ihre Tischnachbarinnen sie endlich wahrzunehmen, tauschten sich mit ihr aus.

Die Woche verging wie im Fluge. Beim letzten Abendessen beugte sich die ältere der beiden Damen zu Leonie hin und flüsterte: „Wenn ich ihnen einen Tipp geben darf: Schminken sie dies grässliche Feuermal weg. Dann werden sie auch an Tische mit Gleichaltrigen gesetzt und müssen nicht mit so alten Schachteln wie uns vorliebnehmen. Außerdem würde das Personal sie dann zuvorkommender behandeln und ihnen einen zweiten Cocktail abends direkt aufs Sonnendeck bringen."

Leonie fragte sich, ob das der Wahrheit entsprach. Testen durfte sie es aber zunächst einmal nicht, da ihr Vertrag regelte, dass sie ihr Feuermal zeigen sollte, um die Reaktionen darauf zu testen. Aber vielleicht könnte sie es einmal bei einer späteren Reise ausprobieren.

In der Nacht träumte sie sehr intensiv von Rickmer. Als sie am nächsten Morgen erwachte, fragte sie sich, ob sie nur geträumt hatte, oder ob sie tatsächlich die Nacht mit ihm verbracht hatte. Ihr Körper sehnte sich nach ihm, obwohl sie sich kaum kannten.

Am nächsten Morgen frühstückte Leonie mit Blick auf die Kieler Förde. Sie hatte die Reise sehr genossen, trotz der nicht perfekten Behandlung durch das Servicepersonal. Leonie war glücklich. In ihrem früheren Leben wäre sie nie auf die Idee gekommen, eine Kreuzfahrt zu buchen. Und wenn sie es getan hätte, würde sie das Schiff jetzt mit Wehmut verlassen, weil sie nicht wusste, ob und wann sie in ihrem Leben wieder einmal eine Kreuzfahrt machen würde. Heute wusste sie schon, dass sie in gut einer Woche wieder an Bord eines Kreuzfahrers gehen und dafür auch noch bezahlt werden würde.

Wieder an Land angekommen, wartete schon die nächste Hürde auf sie. Leonie brauchte ein Taxi zum Flughafen, aber es war keins verfügbar. Das Servicepersonal im Terminal bestellte auf Anfrage vor, schien Leonie aber regelmäßig zu übersehen. Irgendwann hatte sie die Nase voll, ging auf die Straße, suchte die nächste Bushaltestelle und fuhr mit dem Bus zum Flughafen.

Ihr Pilot wartete schon länger auf sie. „Hatte das Schiff Verspätung?"

„Nein, ich konnte einfach kein Taxi bekommen", sagte Leonie wütend.

Er schaute sie fragend an, sagte aber nichts mehr. Bald darauf waren sie in der Luft, flogen in Richtung Nordsee. Leonie entspannte sich, als sie den roten Felsen sah. Ich komme nach Hause, schoss es ihr durch den Kopf.

***

Am Helgoländer Flughafen wartete Rickmer schon auf sie. Am liebsten hätte Leonie sich in seinen Arm gestürzt, beherrschte sich aber.

„Schön, dass du wieder da bist", begrüßte er sie mit einem strahlenden Lächeln.

Leonie konnte nichts sagen, nickte nur.

„Nimm nur deinen Laptop und deine Handtasche mit", sagte Rickmer. „Das Gepäck wird später nachgeliefert. Ich bring dich erstmal auf die Hauptinsel, damit du dich von der Arbeit erholen kannst."

„Wie, Arbeit?", fragte Leonie verdutzt.

Nun lachte Rickmer: „Naja, wenn ich deinen Auftrag richtig verstanden habe, war das keine ausschließliche Spaßreise, sondern du sollst noch einen ordentlichen Reisebericht abgeben."

Nun musste Leonie auch lachen: „Ja, und ich habe noch viel Arbeit, ich mach mich gleich an den Bericht. Auf der Reise habe ich mir viele Notizen gemacht, die werde ich in den beiden nächsten Tagen zusammenschreiben."

„Anne will dich heute Abend bei sich zuhause zum Essen einladen, weil dein Kühlschrank sicher leer ist. Und morgen solltest du den freien Sonntag genießen, denn du hast eine Woche lang durchgearbeitet. Wenn der Bericht heute nicht fertig wird, kannst du am Montag im Büro weiterschreiben."

Leonie fragte sich wieder einmal, welche Aufgabe Rickmer genau im Unternehmen hatte. Diese Aussagen passten nicht zum einfachen Arbeiter auf einem Börteboot.

Sie waren inzwischen am Hafen der Düne angekommen und Leonie erschrak. Eine große Menschenmenge wartete auf die Ankunft der Fähre, um auf die Hauptinsel hinüberzufahren.

Rickmer folgte ihrem entsetzten Blick und lachte: „Ja, so sieht es aus, wenn die Tagestouristen bei bestem Badewetter auf die Düne zum Baden fahren und dann die letztmögliche Fähre nehmen, um noch rechtzeitig vor der

Abfahrt ihres Schiffes wieder auf der Hauptinsel zu sein. Aber keine Sorge, wir müssen da nicht mitfahren."

Leonie hielt daraufhin Ausschau nach einem Börteboot, konnte aber keins entdecken. Wie wollte Rickmer sie von der Düne bringen?

Er führte sie zu einem Segelboot, half ihr an Bord. „Willkommen auf der Brar!", sagte er. „Sie ist zwar nicht riesig, aber hochseetauglich. Zu zweit kann man es einige Wochen auf ihr aushalten."

„Aber ich kann ja gar nicht segeln", stammelte Leonie.

„Das macht nichts", lachte Rickmer. „Bei einem Boot dieser Größe reicht es, wenn ich es kann."

Und nach einer kurzen Pause fügte er hinzu: „Außerdem laufen wir das kurze Stück ausschließlich mit Motorenkraft."

Leonie war ein wenig enttäuscht, hätte gern gewusst, wie es sich anfühlte, zu segeln. Rickmer schien es ihr anzusehen: „Ich will am Donnerstag ein bisschen segeln. Wenn du Lust hast, kannst du mitkommen."

„Gerne! Ich freue mich!", die Worte purzelten aus Leonie heraus, bevor sie nachdenken konnte.

In diesem Moment hatten sie schon den Nordosthafen erreicht. Rickmer machte das Boot nicht fest, sondern hielt es mit Motorkraft am Steg, so dass Leonie übersteigen konnte.

„Ich habe es eilig", sage er nur. „Ich hole dich dann Donnerstagmorgen um sechs Uhr zuhause ab. Sag Anne und Andreas, dass du an dem Tag unbedingt frei haben musst."

Bevor Leonie antworten konnte, verließ er den Hafen schon wieder. Sie schüttelte den Kopf und machte sich auf den Weg in ihre Wohnung.

Als sie dort angekommen war, zeigte ihr Handy den Empfang einer SMS an: „18:30 Uhr bei mir im Schulweg, Haus 523. LG Anne"

Leonie freute sich, dass sie den Abend nicht allein verbringen musste. Die Unterhaltung mit Anne würde sicher mehr Tiefgang haben, als alle Gespräche, die Leonie während der Kreuzfahrt geführt hatte.

Auf die Minute pünktlich klingelte Leonie an Annes Wohnungstür. Die begrüßte sie mit einer Umarmung. Leonie war gerührt. Sie war tatsächlich zuhause.

Zum Essen gab es fangfrischen Fisch. Leonie war begeistert: „Daran merkt man, dass es hier ausreichend Fischgeschäfte gibt, bei denen man Frisches kaufen kann."

„Blödsinn", sagte Anne. „Den hat Andreas selbst gefangen. Er und Rickmer waren heute mit dem Boot draußen. Eigentlich wollten wir drei heute Wiedersehensfeier den Abend gemeinsam mit dir verbringen, aber den beiden Männern ist etwas dazwischengekommen."

„Ja, Rickmer war heute etwas kurzangebunden, das ist mir auch aufgefallen", sagte Leonie nur.

Anne ging nicht weiter darauf ein, sondern wechselte das Thema. Sie ließ sich von Leonies Erlebnissen auf der Kreuzfahrt berichten. Leonie erzählte begeistert.

„Schön, dass es dir Kreuzfahrten so gut gefallen", sagte Anne. „Auch wenn du immer wieder unangenehme Erlebnisse hast. Aber das ist künftig ja das Geschäftsmodell unserer Firma: Für Menschen, die auf irgendeine Weise vom Aussehen her anders als andere Menschen sind, anständigen Service zu bieten. Sieh dein Gehalt einfach als Schmerzensgeld an."

Nun musste Leonie lachen: „Wenn das Personal wirklich so gut ausgebildet ist, wie es sich die Chefs wünschen, müssen wir dann wohl auf unseren Schiffen Tester mitfahren lassen, die ganz normal aussehen, damit die nicht diskriminiert werden."

„Was hast du für die nächste Woche geplant?", fragte Anne nun.

„Erst einmal muss ich den Bericht schreiben," Leonie überlegte. „Und dann kommt auch am nächsten Samstag der nächste Einsatz."

„Wir haben umgebucht", sagte Anne. „Du fährst nicht wie geplant nach Norwegen. Deine nächste Kreuzfahrt startet Montag in einer Woche in Barcelona. Wir würden dich gern schon am Sonntagnachmittag dahinfliegen lassen und dir für eine Nacht ein Hotel buchen, damit du am Abreisetag des Schiffes keinen Stress durch mögliche Flugverspätungen bekommst. Ich glaube nicht, dass du sieben Tage brauchst, um deinen Bericht zu schreiben."

„Da hast du recht", sagte Leonie.

„Du hast in der nächsten Woche also mindestens zwei, wenn du willst auch drei freie Tage. Willst du aufs Festland fahren?"

Nun errötete Leonie leicht: „Rickmer hat mich eingeladen, am Donnerstag mit ihm zu segeln."

„Na, dann ist doch alles klar!", sagte Anne fröhlich. „Du schreibst dann Anfang der Woche deinen Bericht und machst von Donnerstag bis Samstag frei. Sonntag reist du dann ab."

„Aber, ich muss doch auch noch meine Wäsche waschen, bügeln und Koffer packen ...", setzte Leonie an.

„Nichts aber", sagte Anne. „So wie ich Rickmer kenne, wird er mindestens für drei Tage segeln gehen, wenn er zurück ist. Falls er dich also auch an den beiden anderen Tagen mitnehmen will, hast du frei. Um Deine Kleidung für die Kreuzfahrt musst du dich nicht kümmern. Das ist quasi Arbeitskleidung, die von unserem Waschdienst gewaschen und gebügelt wird. Das machen wir für alle Mitarbeiter. Du musst sie nur Montag im Büro abgeben. Wenn du willst, bekommst du sie auch schon wieder im Koffer verpackt geliefert. Deine persönlichen Dinge kannst du dann ja im Handgepäck verstauen."

Der Gedanke, drei Tage mit Rickmer auf einem Boot zu verbringen, gefiel Leonie. Aber – würde er das wollen? Schließlich hatte er sie nur für Donnerstag eingeladen. Könnte sie den Bericht rechtzeitig bis Mittwochabend fertigstellen?

„Morgen soll es übrigens regnen", unterbrach Anne Leonies Gedankengänge. „Wenn du willst, kannst du auch morgen ein paar Stunden an deinem Bericht schreiben. Wir rechnen dir das dann auch als Arbeitszeit an."

„Gerne", sagte Leonie spontan. Das war ihr ohnehin lieber, denn dann wäre das Erlebte noch frischer als Ende der Woche und sie würde nichts vergessen.

„Komm dann aber bloß nicht auf die Idee, dass es für Sonntagsarbeit irgendwelche Zuschläge geben könnte", drohte Anne lachend. „Das ist der Vorteil bei uns: Wenn wir nicht gerade an Publikumsverkehr gebunden sind, dürfen wir uns die Zeit frei einteilen."

Leonie nickte und schaute auf die Uhr: „Es ist schon spät, ich glaube, ich gehe jetzt ins Bett."

Anne brachte sie zur Tür. „Komm einfach Montag nach dem Ausschlafen ins Büro. Ich habe dir einen kleinen

Arbeitsplatz eingerichtet, an dem du deine Berichte schreiben kannst. Du hast da einen Internetanschluss und kannst dich dann auch schon auf die nächste Reise vorbereiten."

Am Sonntag schlief Leonie lange. Während einer Regenpause machte sie einen Rundgang über das Oberland. Den Rest des Tages brachte sie damit zu, ihren Bericht zu schreiben.

Da Leonie kaum Lebensmittel in ihrer Wohnung hatte, ging sie abends essen. Als sie das Restaurant verließ, schaute Leonie auf die Uhr. Bald würde die Sonne untergehen. Aber es machten keinen Sinn, noch weiter aufs Oberland in Richtung Nordwest zu gehen. Der Himmel war bedeckt, sie könnte keine Sonne sehen.

Als sie an den ersten Sonnenuntergang dachte, den sie auf Helgoland gesehen hatte, war es Leonie fast, als strichen Rickmers warme Hände über ihren Körper. Würde sie seine Hände beim Segeln wieder auf ihrer Haut spüren? Wo war er jetzt?

***

Am nächsten Morgen ging Leonie früh ins Büro, schrieb ihren Bericht fertig. Als sie ihn kurz vor Feierabend an Anne ablieferte, sagte die nur: „Ich schicke ihn jetzt an Andreas und Boy per Mail. Falls die beiden Fragen haben, kannst du die vielleicht noch vor deinen freien Tagen beantworten."

Ja, Boy, der große Unbekannte. Leonie fragte sich, wann sie ihren Chef mal zu Gesicht bekommen oder zumindest einmal seine Stimme hören würde. Dann packte sie ihre Sachen, um Feierabend zu machen.

„Wo treibt sich mein unsäglicher Mann schon wieder rum?", hörte sie daraufhin eine keifende Stimme. Xenia betrat den Raum. „Wir sind heute verabredet."

Anne ließ sich nicht aus der Ruhe bringen, schaute in den Kalender. „Das stimmt, Frau Feeringer", sagte sie nach einer Weile. „Aber der Termin ist nicht hier auf der Insel, sondern auf dem Festland."

Xenia schnappte hörbar nach Luft.

„In Hamburg, um genauer zu sein", fügte Anne nach einer kurzen Zeit noch stoisch hinzu. „Soll ich beim Flughafen anrufen, dass die noch auf sie warten, damit sie heute noch zurückfliegen können? Vielleicht findet sich heute noch ein Pilot, der Charter fliegt. Das Börteboot könnte sie rüberbringen."

„Ja, machen sie das", sagte Xenia und verließ stocksteif den Raum.

Leonie rührte sich nicht, beobachtete nur still, wie Anne alles in die Wege leitete, damit Xenia verschwand.

„Geschafft", sagte Anne dann nach einiger Zeit. „Nun ist wirklich Feierabend. Und den haben wir uns verdient."

„Ich finde es bewundernswert, dass du für diese Zicke extra Überstunden machst," sagte Leonie.

„Ich tue es nicht für sie, sondern für uns und alle Helgoländer. Wir sind alle froh, wenn wir die los sind."

„Aber warum hat Boy sie denn geheiratet?", fragte Leonie verwirrt. „Oder ist er genauso wie sie?"

„Nein, beruhig dich", sagte Anne. „Sie hat ihn irgendwann in einer schwachen Minute mal gekrallt und lässt jetzt ihn nicht wieder aus ihren Fängen."

***

Die beiden nächsten Arbeitstage verliefen ruhig. Andreas und Boy stellten einige Rückfragen per Mail. Anne gab Leonie die Anweisungen für die nächste Reise.

Von Rickmer hörte Leonie bis zum Mittwoch nichts. Ob er sie tatsächlich zum Segeln abholen würde? Sie wusste noch nicht einmal, ob er schon wieder auf der Insel war. Aber sie traute sich auch nicht, Anne zu fragen. Und eine Handynummer von Rickmer hatte sie auch nicht. Sie wusste nicht einmal, wo er auf dieser überschaubaren Insel wohnte.

Als sie ins Bett ging, stellte Leonie den Wecker auf halb fünf. Sie hasste frühes Aufstehen, aber sie wollte fertig sein, wenn Rickmer bei ihr klingelte.

Rickmer hielt sein Versprechen. Auf die Minute genau um sechs Uhr klingelte es.

„Schön, dass du fertig bist. Ich liebe pünktliche Menschen." Prüfend schaute er sie an. „Nimm dir noch einen dicken Pullover und eine wasserdichte Jacke mit."

Dann gingen sie zum Südhafen. Leonie erkannte die Brar sofort wieder. Wie klein sie doch im Vergleich mit den anderen Yachten im Hafen wirkte. Rickmer bemerkte ihren kritischen Blick. „Mach dir keine Sorgen! Das Boot ist hochseetauglich. Es ist ähnlich wie dänische Fischerboote gebaut und schwimmt wie eine Ente."

„Ich habe doch gar nichts gesagt", empörte sich Leonie.

Nun lachte Rickmer: „Ich habe deinen kritischen Blick gesehen. Aber du hast recht. Es ist wichtig, dass man ein fremdes Boot genau inspiziert, bevor man sich ihm anvertraut. Der Vorteil bei einem kleinen Boot ist, dass man es auch Einhandsegeln kann, ohne viel fehleranfällige unterstützende Technik einbauen zu müssen. Es gibt viele, die ihre großen Yachten mit elektrischen Winden und Hydraulik fahren. Bei schönem Wetter mit ausreichend Treibstoff und Strom geht das. Blöd ist es dann immer nur, wenn das Ganze bei schwerem Wetter ausfällt und man dann ohne die ganzen Assistenzsysteme nicht mehr klarkommt."

Er half ihr an Bord. „So, nun erkläre ich dir erstmal das Boot. Du musst wissen, wo die Rettungsmittel sind, wie der Motor ein- und ausgeschaltet wird und wie das Funkgerät bedient wird."

Leonie fühlte sich überfordert: „Aber wir wollten doch nur ein bisschen Segeln. Und du bist dabei."

„Das stimmt", sagte Rickmer ernst. „Aber wenn irgendwas passiert, weil ich vielleicht bewusstlos werde oder über Bord gehe, kannst du nicht einfach zu Fuß nach Hause laufen, sondern musst Hilfe rufen. Aber keine Sorge, dafür gibt es eine rote Taste am Funkgerät. Ich erkläre dir nur das Wichtigste."

Jetzt beruhigte Leonie sich. Sie hörte zu, wie Rickmer ihr die wichtigsten Teile der Ausrüstung geduldig erklärte und fragte einige Male nach. Rickmer schien das zu gefallen. Nach einer Stunde war er fertig. Er wies sie an, die Rettungsweste anzulegen. Dann legten sie ab.

Als sie den Außenhafen verlassen hatten, übergab Rickmer ihr die Pinne: „So, nun steuerst du mal ein bisschen, damit du ein Gefühl für das Boot bekommst, bevor wir die Segel setzen."

Leonie folgte seinen Anweisungen, war erst sehr unsicher. Rickmer löste sie aber nicht ab, sondern ließ sie weiter steuern. Irgendwann sagte er: „So, nun denkst du nicht mehr."

Leonie schaue ihn verwirrt an.

Rickmer lachte: „Zuerst hast du versucht, das Boot mit dem Verstand zu steuern und immer ganz genau überlegt, in welche Richtung du die Pinne legen musst, damit das Boote dahinfährt, wo du willst. Jetzt denkst du nicht mehr, sondern machst es automatisch. Damit hast du die erste Lektion erfolgreich abgeschlossen. Wollen wir jetzt in den Hafen zurück, oder wollen wir weitermachen?"

Leonie war enttäuscht: „Ich dachte ..."

Rickmer sah sie ernst an: „Ich wollte nur wissen, ob es dir gefällt und du sich auf dem kleinen Boot wohlfühlst. Wenn es dir hier nicht gutgeht, würde ich dich jetzt im Hafen absetzen. Nach dem Segelsetzen gibt es kein Zurück mehr. Dann musst du viele Stunden mit mir segeln."

„Das möchte ich", sagte Leonie nur kurz.

Rickmer erklärte ihr, was beim Segelsetzen zu beachten ist, drehte dann den Bug in den Wind. Leonie folgte seinen Anweisungen. Leonie fühlte, dass es ein ganz besonderer Moment war, als Rickmer den Motor ausschaltete und sie segelten.

Sie blieben in der Nähe der Insel, Rickmer erklärte ihr jedes Manöver. Nach einiger Zeit fragte er Leonie, ob sie noch einmal Lust hätte, die Pinne zu übernehmen, um die Brar unter Segeln zu steuern. Leonie war glücklich.

Als Leonie einigermaßen sicher war, fragte Rickmer sie, was sie in den beiden nächsten Tagen vorhätte.

Leonie gestand ihm, dass sie nichts weiter geplant hätte, sondern sich nur irgendwie die Zeit bis zum Antritt ihrer nächsten Kreuzfahrt mit Lesen und Spaziergängen über die Insel vertreiben wollte.

„Gut", sagte Rickmer daraufhin. „Halte den Kurs noch ein paar Minuten. Ich muss einen Funkspruch absetzen und dann löse ich dich wieder ab."

Er verschwand unter Deck. Leonie konzentrierte sich so darauf den Kurs zu halten, dass sie nicht mitbekam, was er sagte.

Nach einem gefühlten Augenblick war Rickmer wieder neben ihr und nahm die Pinne. „Als nächstes schauen wir mal, wie es dir auf dem kleinen Boot geht, wenn das Land außer Sicht ist."

Er änderte den Kurs. Wenn Leonie den Kompass richtig ablas, waren sie auf dem Weg nach Nordosten. Leonie ärgerte sich, dass sie sich nie eine Landkarte Norddeutschlands genauer angeschaut hatte. Das würde sie in den nächsten Tagen nachholen. Helgoland verschwand aus ihrem Blickfeld, Leonie sah nur noch Wasser um sich herum.

„Geht es dir gut?", fragte Rickmer einige Zeit später.

Leonie nickte.

„Schaffst du es, uns unten einen Kaffee zu zaubern? Tassen und Löffel findest du in den Schränken. Dort steht auch eine Thermoskanne mit heißem Wasser. Und daneben müsste der Instantkaffee sein. Verstau nur gleich wieder alles gut, damit nichts durch die Gegend fliegt."

Leonie ging unter Deck, brauchte aber ein wenig Zeit, bis sie sich an die Schräglage und den Seegang gewöhnt hatte. Es war hier doch anders als auf den großen Schiffen. Endlich hatte sie den Kaffee fertig und brachte ihn nach oben. Rickmer schien sehr zufrieden mit ihr zu sein.

Nachdem sie den Kaffee ausgetrunken hatten, ließ Rickmer sie wieder einige Zeit steuern.

Dann nahm er die Pinne wieder: „Es ist gleich Zeit für einen Kurswechsel."

Leonie schaute auf die Uhr. Seit Helgoland aus ihrem Blickfeld verschwunden war, waren mindestens vier Stunden vergangen.

„Du hast dich tapfer gehalten", kommentierte Rickmer ihren Kontrollblick.

Dann änderte er den Kurs. Wenn Leonie in der Schule in Bezug auf Sonnenstände und Himmelsrichtungen aufgepasst hatte, waren sie aber noch immer nicht auf dem Rückweg nach Helgoland. Plötzlich sah Leonie Land. Es sah aber nicht wie Helgoland aus.

„Wo sind wir?", fragte Leonie.

„Keine Sorge, ich habe mich nicht wie Kolumbus verfahren", lachte Rickmer. „Wir sind im nordfriesischen

Wattenmeer und erreichen gleich die Insel Amrum. Da werden wir über Nacht bleiben."

„Aber ich bin doch gar nicht darauf vorbereitet, über Nacht wegzubleiben, habe nichts dabei."

„Nimm es Anne bitte nicht übel. Sie hat während du gearbeitet hast, ein paar von deinen Kleidungstücken beiseite geschafft und an Bord geschmuggelt. Handtücher, Waschsachen und eine neue Zahnbürste habe ich an Bord. Und Essen finden wir hier in den zahlreichen Restaurants. Ich lade dich ein. Schließlich habe ich dich von deiner Heimatinsel entführt und muss dafür sorgen, dass du nicht verhungerst."

Nun musste Leonie lachen und freute sich auf den Abend. Kurz danach legten sie im Hafen von Steenodde an.

***

„Jetzt aber runter vom Boot", sagte Rickmer, nachdem er geprüft hatte, ob die Brar sicher vertäut war.

Der Hafen lag etwas außerhalb des Ortes, schien es Leonie. Sie war aber etwas erstaunt, als Rickmer nicht auf den Ort zusteuerte, sondern in eine andere Richtung ging.

„Ich hoffe, du bist gut zu Fuß", sagte Rickmer dann.

„Warum?", fragte Leonie.

„Du hast jetzt drei Kilometer Fußmarsch vor dir", sagte Rickmer und ging einfach weiter.

Leonie war überrascht, als er sie auf den Friedhof von Nebel brachte. Doch Rickmer hatte wieder eine Überraschung für sie. Fasziniert hörte Leonie zu, als Rickmer ihr die sprechenden Grabsteine erklärte. Besonders gefiel ihr die Lebensgeschichte des Seemanns Hark Olufs, der als junger Mann auf einer Seereise von Piraten verschleppt, in Algier als Sklave verkauft wurde und nach vielen Jahren wegen seiner Verdienste freigelassen wurde und nach Amrum zurückkehrte.

Der Tag verging viel zu schnell. Schon bald führte Rickmer sie in ein kleines Restaurant in die Nähe des Hafens.

***

Leonie genoss den Abend. Rickmer war ein charmanter Unterhalter. Außerdem schien er weit gereist zu sein, erzählte Leonie von wunderbaren Orten, die er besucht hatte und die sie vermutlich nie zu sehen bekommen würde. Wenn er vom Meer und den Häfen erzählte, leuchteten seine Augen. Leonie glaubte, darin zu ertrinken. Viel zu schnell war der Abend vorbei. Auf dem Weg zum Boot, streifte Rickmer kurz Leonies Hand. Sie hoffte, dass er sie festhalten und nicht wieder loslassen würde, doch tat es nicht.

Als sie wieder an Bord waren, gab Rickmer ihr Bettzeug für die Koje.

„Ich geh noch mal schnell raus, und schaue, ob das Boot ordentlich festgemacht ist. Du kannst dich dann in Ruhe umziehen.

Leonie war zum einen froh, dass er ihr nicht zuschaute, denn sie war in seiner Gegenwart noch immer sehr schüchtern. Andererseits war sie ein wenig enttäuscht, dass er nicht versuchte, einen Blick auf ihren nackten Körper zu erhaschen.

Schnell zog Leonie sich um. Rickmer zog nur seine Jeans aus, kroch dann in T-Shirt und Unterhose unter seine Decke.

„Schlaf schön", sagte er, bevor er das Licht ausmachte.

Es dauerte lange, bis Leonie einschlafen konnte. Rickmers Nähe erregte sie. Zu gern hätte sie ihn angefasst oder geküsst. Aber er gab ihr keine entsprechenden Signale und Leonie war zu schüchtern, selbst die Initiative zu übernehmen.

In der Nacht hatte sie erotische Träume. Sie war mit Rickmer in einem sehr schön eingerichteten Schlafzimmer mit einem riesigen Bett. Er nahm sie mal zärtlich mal hart. Leonie stöhnte und wachte auf. Rickmer lag in seiner Koje und schien fest zu schlafen. Nach kurzer Zeit schlief Leonie auch wieder ein.

Kaffeeduft weckte sie. Als Leonie die Augen öffnete, stand Rickmer mit einem großen Becher Kaffee vor ihr.

„Hallo, du Schlafmütze! Wegen deines Schönheitsschlafs müssen wir jetzt einen Tag länger auf Amrum bleiben."

Leonie erschrak: „Was ist passiert?"

Nun lachte Rickmer laut: „Du hast so fest geschlafen und sahst dabei so zauberhaft aus, dass ich dich nicht wecken wollte und dich die ganze Zeit lang nur angesehen habe. Irgendwann habe ich dann den Kaffee gekocht, in der Hoffnung, dass der Duft dich wecken würde. Das hat funktioniert."

„Warum können wir dann nicht mehr nach Helgoland zurückfahren?", fragte Leonie verwirrt.

„Der Wind steht ungünstig. Wir müssen gegenankreuzen und brauchen relativ lange. Wir würden erst in der Nacht wieder auf Helgoland sein. Daher dachte ich, dass wir noch einen Tag länger bleiben. Ich zeige dir die Insel und wir fahren dann morgen ganz früh los." Rickmer zögerte. „Natürlich nur wenn es dir recht ist. Du gehst ja übermorgen schon wieder auf Reisen und muss vielleicht noch viel packen."

Leonie schlug das Herz bis zum Hals. Noch ein Tag zusammen mit Rickmer allein auf dieser schönen Insel. Natürlich war es ihr recht. Sie konnte ihr Glück kaum fassen.

„Packen geht ganz schnell", sagte Leonie. „So wie ich Anne kenne, wird sie meine Sachen ohnehin sofort im Koffer verstaut haben, nachdem sie aus der Wäscherei kamen. Das ist das Tolle an meiner Arbeit: Ich werde nicht nur fürs Urlaub machen bezahlt. Meine Wäsche wird mir auch noch kostenlos gewaschen.

Ich muss aber spätestens übermorgen um Punkt zwölf Uhr auf der Düne sein. Dann geht mein Flug nach Hamburg."

Nun lachte Rickmer: „Ich liebe unkomplizierte Frauen! Aber ich hätte nie gedacht, dass es so unkomplizierte, spontane Frauen wie dich geben kann." Bei diesen Worten schaute er ihr tief in die Augen. Leonie spürte Schmetterlinge in ihrem Bauch.

Rickmer nahm sie kurz in den Arm, hauchte ihr einen Kuss auf die Wange. Dann ging er an Land ohne ein weiteres Wort zu sagen.

Leonie war verwirrt. Was hatte das zu bedeuten? Da sie nicht wusste, wohin Rickmer gegangen war und was er vorhatte, räumte sie erst einmal den Frühstückstisch ab.

Als sie gerade fertig war und überlegte, was sie als nächstes machen sollte, hörte sie eine Fahrradklingel, die ein Dauerkonzert neben dem Boot zu veranstalten schien. Neugierig ging sie an Deck. Dann sah sie Rickmer, der zwei Fahrräder neben sich stehen hatte.

„Ich war nicht sicher, ob du eingeschlafen bist", grinste er sie an. „Deshalb dachte ich, dass ich dich mal mit einem Konzert wecke. Bist du bereit für eine Radtour über die Insel?"

Leonie hatte keine Ahnung, wie groß die Insel sein mochte. Trotzdem nickte sie einfach zustimmend.

„Dann komm an Land und lass uns endlich losfahren!"

Schnell nahm Leonie sich ein paar Dinge, von denen sie glaubte, dass sie die bei der Radtour benötigen würde.

Dann führen sie bei strahlendem Sonnenschein los in Richtung Norden. Leonie war glücklich und strahlte mit der Sonne um die Wette.

Irgendwann endete die Straße. Sie stiegen von den Rädern und gingen zu Fuß weiter. Dabei nahm Rickmer ihre Hand. Leonie war berauscht von der Wärme, die allein diese Hand ausstrahlte.

„Komm", sagte Rickmer. „Ich möchte Dir jetzt den nördlichsten Teil der Insel zeigen, die Amrumer Odde."

Langsam wanderten sie über die lange, schmale Spitze der Insel. Nach etwa zwei Kilometern waren sie am nördlichsten Punkt angelangt. Rickmer stellte sich hinter Leonie, ganz dicht an ihren Rücken. Vorsichtig drehte er sie so, dass sie nach Osten schauen konnte. Leonie genoss auf ihrem Rücken die Wärme seiner Haut, die sie durch ihre dünne Kleidung hindurch spüren konnte. Vor lauter Aufregung zitterte sie leicht.

Rickmer beugte sich von hinten über ihre Schulter. Sie spürte seine warmen Lippen an ihrem Ohr, als er flüsterte: „Da drüben liegt die Insel Föhr, meine Heimat.

Mein Vater kam der Liebe wegen nach Helgoland, raubte meine Mutter mehr oder weniger von der Insel. Sie haben nie geheiratet, kamen bei einem Unfall ums Leben, als ich noch ein kleines Baby war. Die Familie meiner Mutter nahm mich auf, obwohl sie mich vor dem Tod meiner Eltern nie kennengelernt hatten. So wuchs ich dann bei meinen Großeltern auf Helgoland auf. Den Helgoländern bin ich trotzdem manchmal etwas suspekt.

Da meine Eltern unverheiratet waren und man den Nachnamen meines Vaters lange Zeit nicht kannte, oder vielleicht einfach auch nicht kennen wollte, nannte man mich Feeringer; der, der von Föhr kommt.

Inzwischen weiß ich, wer mein Vater wirklich war. Er stammte aus einer bekannten Seefahrer- und Lotsenfamilie. Einer meiner entfernten Verwandten gründete sogar eine Seefahrtsschule."

Fasziniert hörte Leonie ihm zu.

„Brar, ist das der Name Deiner Mutter?", fragte sie, nachdem er in Gedanken versunken eine ganze Zeit geschwiegen hatte.

„Nein, Brar ist ein männlicher Vorname."

„Also dein Vater!", folgerte Leonie schnell.

Nun lachte Rickmer: „Wenn du hier in der Gegend wohnen bleiben willst – und damit meine ich auch

Helgoland – müssen wir dir wohl erst einmal ein wenig Nachhilfe in Heimatkunde geben.

Also: Brar ist ein männlicher Vorname. Hier wurden die Nachnamen früher gebildet, indem man an den Vornamen des Vaters einfach ein „s", ein „en" oder ein „sen" anhängte. Das bedeutete „Sohn oder Tochter des", je nachdem, ob der Nachkomme ein Junge oder ein Mädchen war. Irgendwann hörte man damit auf und der Familienname veränderte sich nicht mehr. Mein Vater stammte aus der Familie Braren. Daher habe ich das Boot nach dem Urahnen benannt, der der Familie seinen Namen gab."

„Warum bist du nicht nach Föhr zurück gegangen, als du erwachsen warst?", fragte Leonie nun. „Du bist doch so sehr mit der Insel verbunden."

„Helgoland ist mein Schicksal", sagte Rickmer nun, während er ihr Feuermal fixierte.

„Wie das?", fragte Leonie neugierig.

Doch anstatt die Frage zu beantworten, nahm Rickmer ihre Hand und zog Leonie mit sich. „Komm, es ist schon spät. Bevor du hier festwächst, sollten wir umkehren. Ich lade dich zum Essen ein. Aber ich möchte relativ früh essen gehen, damit wir reichlich Schlaf bekommen, bevor der Wecker um halb fünf klingelt."

Leonie hätte gern mehr über Rickmer erfahren. Aber sie spürte instinktiv, dass es besser sei, nicht weiter nachzufragen. Sie musste sich einfach gedulden und darauf warten, dass Rickmer mehr über sich und seine Familie erzählte.

Rickmer schien in Gedanken versunken, als sie zum Boot zurück radelten. Auch Leonie schwieg, wagte es nicht, ihn zu stören.

Kurz vor Wittdün begann Rickmer wieder ein Gespräch: „Ich habe völlig vergessen, dir den Leuchtturm von Norddorf zu zeigen. Aber das schaffen wir heute leider nicht mehr. Ich verspreche dir, es bei unserem nächsten Törn nach Amrum zu tun. Und dann zeige ich dir auch Föhr und die Halligen."

Leonie war glücklich. Rickmer wollte mehr Zeit mit ihr verbringen, ihr seine Heimat zeigen. Ein Kribbeln ging durch ihren Bauch. Sie war verliebt. Noch vor wenigen Wochen hatte sie geglaubt, niemals mehr einem Mann vertrauen zu können, geschweige denn, ihn zu lieben.

Kurz vor dem Hafen bog Rickmer nach rechts ab. Neugierig folgte Leonie ihm. Was würde er ihr jetzt noch zeigen? Enttäuscht sah sie das Schild eines Fahrradverleihs. Natürlich – es war einfacher, wenn sie beide die Räder hier direkt abgaben und Rickmer sie nicht später allein zurückbringen musste.

Als die Formalitäten erledigt waren, führte Rickmer sie zu einem kleinen Restaurant am Hafen. Sie setzten sich an einen der Tische, die im Freien standen.

Eine Frau mittleren Alters kam und nahm die Bestellung auf. Als sie Leonie anschaute und das Feuermal bemerkte, zuckte sie kurz zusammen, bevor sie lange auf das Feuermal starrte. Für Leonie fühlte es sich an, als sei eine Ewigkeit vergangen, bevor die Frau sich endlich abwandte. Natürlich – bei den freundlichen Menschen um sich herum, die wenig Wert auf Äußerlichkeiten legten, hatte Leonie fast vergessen, dass sie anders aussah als die anderen. Hier trat dieser Makel wieder voll zutage.

Kurz darauf kam eine ältere Frau und brachte die Getränke. Sie schaute Leonie sehr lange nachdenklich an, sagte aber nichts und ging wieder. Einige Zeit später kam sie zurück und brachte das Essen.

Bevor sie wieder ging, sagte sie zu Rickmer: „Es scheint, dass das, was in der Prophezeiung wirklich gemeint war, nun endlich eintritt. Alles Gute für dich!" Dann schlurfte sie davon.

Leonie wollte Rickmer fragen, was die Frau damit meinen könnte. Doch bevor sie ihre Frage in Worte kleiden konnte, kam Rickmer ihr zuvor. Er fragte, wie ihr der Ausflug und die Insel gefallen haben. So sprachen sie während der gesamten Mahlzeit über die Schönheit der Insel.

Als sie wieder zum Boot gingen, hatte Leonie ihre Fragen längst wieder vergessen. Sie dachte nur noch daran, dass sie am nächsten Morgen unsäglich früh aufstehen musste.

Auf dem Boot wolle sie sich gleich schlafen legen, doch Rickmer hielt sie auf. „Warte", sagte er und zauberte eine kleine Flasche Rotwein hervor. „Es war ein zauberhafter Tag mit dir. Diesen Wein hat mit einmal ein alter Freund geschenkt und mir gesagt, ich sollte diesen Wein an einem besonderen Tag gemeinsam mit einem Menschen, der mir sehr nahesteht, trinken. Ich weiß, dieser Tag ist heute da." Dabei sah er Leonie tief in die Augen.

Sie konnte nichts sagen, nickte nur und warte darauf, dass Rickmer weitersprach. Doch der sagte nichts mehr, holte zwei Gläser hervor, öffnete die Flasche und schenkte ein. Dann gab Rickmer ihr ein Glas: „Auf uns!"

Leonie konnte noch immer nichts sagen, schaute ihn nur an. Dabei hatte sie das Gefühl in seinen Augen zu ertrinken.

Ohne dass einer von ihnen einen Schluck getrunken hatte, nahm Rickmer ihr das Glas wieder aus der Hand. Er stellte es an einem sicheren Ort ab. Dann beugte er sich über Leonie und küsste sie. Leonie erwiderte den Kuss erst zaghaft, dann immer fordernder. Als sie sich voneinander lösten, atmeten beide schwer.

Rickmer holte die Weingläser wieder hervor und nun tranken sie beide langsam und mit Genuss den Wein, ohne sich dabei aus den Augen zu lassen.

Als das Glas leer war, spürte Leonie eine angenehme Bettschwere, doch ihre Gedanken waren noch hellwach. Was würde jetzt geschehen? Würde Rickmer sie verführen und entjungfern, das tun, was ihr Ehemann ihr in ihrer Hochzeitsnacht verweigert hatte?

Leonie lachte unsicher. Sie war eine verheiratete Frau und trotzdem noch Jungfrau. Rickmer schien ihre Unsicherheit zu bemerken.

„Lass uns schlafen gehen", sagte er. „Morgen müssen wir früh aufstehen, wenn wir Helgoland rechtzeitig erreichen wollen. Ich möchte nicht, dass du wegen mir deinen nächsten Arbeitseinsatz verpasst. Dann macht Andreas mir die Hölle heiß."

„Seltsam", dachte Leonie, sprach ihre Gedanken jedoch nicht aus. „Wieso Andreas und nicht Boy ... Boy gehört die Firma doch und ist daher Rickmers Chef..."

Bevor Leonie sich in ihre Koje legte, stellte sie den Wecker. Ihre Schlafmützigkeit sollte nicht noch einmal der Grund dafür sein, dass sie am nächsten Morgen zu spät loskamen.

***

Als Leonie am nächsten Morgen aufwachte, war es schon hell. Sie erschrak. Nun hatte sie schon wieder verschlafen und sie würden wegen ihr nicht mehr rechtzeitig nach Helgoland kommen. In diesem Moment hörte sie ein leises Schnarchen. Auch Rickmer schlief noch. Was sollte sie tun?

„Wach werden – anziehen – Rickmer wecken und vor allem ruhig bleiben", schoss es ihr durch den Kopf.

Schnell füllte Leonie den Wasserkocher und schaltete ihn an. Danach zog sie sich an und machte nebenbei den Kaffee fertig.

„Aufwachen", rief sie Rickmer zu, doch der reagierte nicht.

Leonie ging zu ihm hin, betrachtete den Schlafenden kurz voller Liebe und strich dann zärtlich über seine Wange. Rickmer schlug die Augen auf, nahm Leonies Hand und zog sie zu sich herunter. Dann küsste er sie sanft, setzte sich zu Leonies Enttäuschung aber gleich auf.

Liebevoll schaute er sie an: „Aus dir wird eine gute Seglerin. Wenn es nötig ist, wirst du früh am Morgen kurz bevor der Wecker klingelt wach und hälst den Skipper mit starkem, heißem Kaffee bei Laune."

Nun schaute Leonie zum ersten Mal an diesem Tag auf die Uhr. Tatsächlich, sie war wach geworden, lange bevor der Wecker klingeln sollte. Verlegen lächelte sie Rickmer an.

„Lass uns die Gelegenheit nutzen, ausgiebig zu frühstücken, bevor wir losfahren", sagte der nur und zog sich nebenbei an.

Nachdem Leonie den Tisch gedeckt und zwei Becher mit Kaffee gefüllt hatte, wollte sie sich setzen, doch Rickmer hielt sie auf. „Los, an Deck!", sagte er nur.

Leonie war verwirrt wegen des Befehlstons, gehorchte aber. Schon stand Rickmer neben ihr, hielt die Kaffeebecher in der Hand, reichte ihr einen und zeigte dann nach Nordosten: „Zeit für den Sonnenaufgang!"

Leonie schaute in die Richtung, wo sich der Himmel bereits rötete. Staunend beobachtete sie den Sonnaufgang. Sie konnte sich nicht daran erinnern, wann sie jemals bewusst einen Sonnenaufgang erlebt hatte. In jedem Fall wusste Leonie aber, dass sie noch nie so einen schönen Sonnenaufgang erlebt hatte.

Als die Sonne schon hoch am Himmel stand, sagte Rickmer: „So, nun lass uns frühstücken, damit wir spätestens um sechs ablegen und uns auf den Rückweg machen können."

Vor Aufregung brachte Leonie kaum einen Bissen herunter. Sie zwang sich aber, wenigstens etwas zu essen, da sie einen langen Tag auf See verbringen würden.

Punkt sechs Uhr tuckerten sie langsam unter Motor aus dem Hafen heraus, setzten aber dann bald die Segel. Sie hatten optimalen Wind für den Weg zurück nach Helgoland. Leonie hatte das Gefühl, als verginge die Zeit wie im Fluge. Viel zu schnell kam der rote Felsen in Sicht.

Rickmer übergab das Steuer wieder an Leonie und ging unter Deck, um per Funk ihre Rückkehr auf der Insel anzumelden. Er hatte den Lautsprecher dazu etwas leiser gestellt. Leonie bedauerte, dass sie den Funkverkehr nicht mithören konnte.

Als Rickmer wieder an Deck kam, grinste er breit: „Du hattest mit deiner Vorhersage recht. Anne lässt dir ausrichten, dass deine Koffer schon vollständig gepackt sind und du sie nur noch in die Hand nehmen musst, wenn du am Flugplatz abgeliefert worden bist. Allerdings musst du heute Abend noch arbeiten. Da wir relativ früh wieder ankommen, bliebt noch reichlich Zeit fürs Abendessen. Du sollst heute Abend mit Andreas und Anne essen gehen und dabei deine Anweisungen für deine nächsten Reisen erhalten. Das Essen ist quasi der Ausgleich dafür, dass du am Donnerstag die Arbeit geschwänzt hast, um mit mir segeln zu gehen."

Leonie schaute ihn betroffen an und fragte sich, ob sie nun Ärger bekommen würde, weil sie einfach drei Tage lang mit Rickmer weggefahren war, ohne sich vorher bei Boy oder Andreas freizunehmen.

Es schien, als könne Rickmer ihre Gedanken lesen: „Mach dir keine Sorgen wegen des Kurzurlaubs. Der war mit dem Chef abgestimmt, denn der will, dass du mit einem Boot umgehen kannst, wenn du auf Helgoland lebst.

Anne hatte das alles geklärt, wollte es dir aber nicht sagen. Unterricht ist doch immer viel schöner, wenn man es freiwillig macht und nicht, weil man dazu gezwungen wird. Du warst eine gute Schülerin, das werde ich dem Chef sagen."

War er nur mit ihr segeln gegangen, weil es von seinem Arbeitgeber gefordert war? In Leonies Kopf arbeitete es. Offensichtlich war ihr die Enttäuschung anzusehen. Rickmer kam auf sie zu, nahm ihren Kopf in seine Hände, sah ihr tief in die Augen.

„Ich bin mit dir segeln gegangen, weil ich mir dir zusammen sein wollte, nicht weil es von oben angeordnet war", sagte er und gab ihr einen langen Kuss. „So und nun lass mich steuern und genieße den Anblick!"

„Kommst Du heute Abend mit zum Essen?" fragte Leonie zaghaft, obwohl ihr Bauch die Antwort schon kannte.

„Nein, leider nicht." Leonie konnte die Enttäuschung in seiner Stimme hören. „Ich muss die Brar heute Abend noch klar machen, denn mein Dienstplan erlaubt es mir nicht, in den nächsten vier Wochen rauszufahren." Bevor Leonie nachfragenkonnte, redete Rickmer weiter: „Morgen früh setze ich dich und Anne rechtzeitig auf die Düne über. Zum Flugplatz kann ich dich nicht begleiten, denn ich muss den ganzen Tag lang beim Ausbooten helfen. Da gutes Wetter vorausgesagt wurde, werden die Bäderschiffe voll von Sonntagsausflüglern sein. Sei froh, dass du nicht auf der Insel bist."

Leonie antwortete nicht. Sie freute sich auf die nächste Kreuzfahrt. Andererseits wusste sie aber schon, dass sie Rickmer in dieser Zeit vermissen würde. Wenn sie doch einmal mit ihm als Begleiter auf eine Kreuzfahrt gehen könnte!

Als sie auf Höhe der Düne waren, bargen sie sie die Segel. Ruhig zeigte Rickmer Leonie, was zu tun war. Es schien ihr fast, als versuchte Rickmer alles, um die Ankunft auf Helgoland noch ein wenig zu verzögern. Doch ihre Reise konnte nicht ewig dauern. Sie liefen in den Hafen ein. Leonie sah, dass Anne schon auf sie wartete.

„Willkommen zurück, Brar", rief sie ihnen zu. Kaum hatten sie das Boot festgemacht, sagte Anne schon: „Beeil dich, Leonie! Andreas will dich schnellstmöglich sehen, um die nächsten Reisen mit dir zu besprechen. Es hat einige Planänderungen gegeben."

Leonie wartete darauf, dass Rickmer etwas sagte, doch der zuckte nur mit den Schultern. Anne fuhr fort: „Ich habe ihm gesagt, dass du dich nach deiner Ankunft sicher erst etwas frisch machen willst. Das hat er gerade noch genehmigt, aber er erwartet uns in anderthalb Stunden zum Essen. Schaffst du das?"

Leonie nickte nur, blieb aber wie festgewurzelt an Deck stehen.

Nun schaltet Rickmer sich ein: „Wenn du hier am Bord wie eine Salzsäule erstarrst, wirst du den Termin nicht halten können. Komm, pack schnell die Sachen ein, die du für deinen nächste Reise brauchst. Alles andere gebe ich im Büro ab, sobald ich hier aufgeklart habe."

„Das ist eine gute Idee", kommentierte Anne. „Ich hole dich dann um viertel vor sechs in deiner Wohnung ab."

Rickmer nahm Leonies Hand, zog sie unter Deck. Mechanisch begann Leonie, ihre Sachen zusammenzusuchen, konnte sich aber nicht wirklich darauf konzentrieren.

„Warte", sagte Rickmer und zog sie an sich. „Bevor du gehst, sollst du noch eins wissen: Ich glaube, ich habe mich in dich verliebt." Dann gab er ihr einen langen Kuss. Leonie hatte Schmetterlinge im Bauch, wünschte sich, dass dieser Moment nie enden würde. Zu ihrem Bedauern ließ Rickmer schnell wieder von ihr ab. „So, nun schnapp dir die Sachen, die du für die nächste Reise brauchst, und lauf los. Andreas mag es nicht, wenn man ihn warten lässt."

Leonie nickte, konzentrierte sich kurz und packte alles, was sie auf die Kreuzfahrt mitnehmen wollte in ihren Rucksack. „Fertig!", sagte sie. „Gut, gib mir den Rucksack. Ich reiche ihn dir rüber, sobald du an Land bist."

Wehmütig verließ Leonie die Brar. Sie hatte eine wunderbare Zeit auf ihr verlebt. Als Rickmer ihr den Rucksack rüberreichte, berührten sich ihre Hände kurz. Eine warme Welle durchlief Leonies Körper.

Rickmer sah ihr tief in die Augen: „Genieß deine Reise. Ich freue mich auf unseren nächsten gemeinsamen Törn." Bevor Leonie antworten konnte, drehte er sich um und verschwand unter Deck. Benommen machte Leonie sich auf den Weg zu ihrer Wohnung.

Als sie dort angekommen war, stellte sie fest, dass sie sich beeilen musste, wenn sie rechtzeitig zum angesetzten Termin fertig sein wollte. Den Rucksack stellte sie neben dem Bett ab und ging ins Bad.

***

Keine Minute zu früh wurde sie fertig. Sie hatte gerade ihre Handtasche mit den Notizbüchern für ihre Reisen an sich genommen, als Anne schon klingelte. „Gut siehst du aus", sagte sie bewundernd zu Leonie, als diese die Wohnung verließ.

Andreas wartete im Restaurant bereits auf sie. Er schien verärgert zu sein. Leonie fragte sich, ob sie ihm Grund dazu gegeben hatte und, wenn ja, womit.

„Du siehst gut erholt aus", begrüßte Andreas sie. „Das Leben auf dem Meer scheint dir bestens zu bekommen."

„Ja, ich bin sehr glücklich", antwortete Leonie ohne nachzudenken. Andreas zog verwundert eine Augenbraue hoch, schaute dann fragend zu Anne, sagte aber nichts.

Offensichtlich hatte Andreas bereits vor der Ankunft von Anne und Leonie die Getränke bestellt, denn ein Kellner brachte nach kurzer Zeit eine Flasche Rotwein und dazu Mineralwasser mit Gläsern für alle. Als er wieder gegangen war, hob Andreas sein Glas: „Auf unsere Kreuzfahrerin!".

Leonie prostete ihm zu und entspannte sich etwas. Andreas lächelte ihr zu: „Nun, bevor wir zum Geschäftlichen kommen und du von mir Terminplan und Aufgaben bekommst, erzähl uns: Wie war deine Reise?"

Mit leuchtenden Augen erzählte Leonie von der Reise, davon, wie Rickmer ihr beigebracht hatte, zu segeln und das Schiff zu steuern. Sie berichtete von der Zeit auf Amrum und den Orten, die Rickmer ihr gezeigt hatte. Auch dass er ihr erzählt hatte, wie er zu dem Namen Feeringer kam, verheimlichte sie nicht.

„Mir scheint, du magst den jungen Mann", stellte Andreas fest, als Leonie ihren Redefluss stoppte, weil die Suppe gebracht wurde. Leonie erschrak und bekam einen hochroten Kopf, sagte aber nichts. Andreas sah sie prüfend an. Leonie hatte das Gefühl, als würde sein bohrender Blick ihr Feuermal zum Glühen bringen.

„Wenn, wenn ...", Leonie stockte, holte tief Lust, nahm ihren ganzen Mut zusammen und sagte: „Wenn es in der Firma ein Problem ist, breche ich den Kontakt zu Rickmer ab. Ich möchte meinen Arbeitsplatz gern behalten. Leider hatte ich vergessen, dass es in Firmen nicht gern gesehen wird, wenn aus Kollegen Paare werden." So – nun war es heraus. Zusammengesunken blieb Leonie sitzen.

Andreas holte tief Luft und lachte lauthals: „Deern, schau dich hier doch mal um. Du bist auf einer Insel, weitab vom Festland. Da kann man nicht schnell mal irgendwo hinfahren, um einen Partner kennenzulernen. Die meisten Bewohner der Insel sind irgendwie miteinander verwandt oder verschwägert. Wenn Boy und ich darauf achten würden, nur Mitarbeiter zu beschäftigen, die in keinerlei Verwandtschaftsverhältnis miteinander stehen, und keine Paare beschäftigen würden, müssten wir unsere Arbeit hier wohl allein machen."

Jetzt entspannte Leonie sich ein wenig.

„Ich erwarte nur zwei Dinge von Euch", fuhr Andreas fort. „Geht erst miteinander ins Bett, wenn ihr offiziell ein Paar seid. Und sagt mir rechtzeitig Bescheid, wenn ihr euch entschieden habt, ein Paar zu sein, damit ich es nicht zuerst über die Gerüchteküche erfahre."

Leonie nickte. Jetzt wurde ihr klar, warum Rickmer sie nur dann küsste und anfasste, wenn sie niemand sehen konnte. Er hatte ihr heute seine Liebe gestanden. War das ernst gemeint? Und wenn ja, wann würde er sich mit ihr als Partnerin in der Öffentlichkeit zeigen? Fragen über Fragen.

„Nun mach nicht so ein grimmiges Gesicht", holte Andreas sie aus ihren Überlegungen heraus. „Und iss die Suppe, bevor sie kalt wird."

Leonie konzentrierte sich auf das Essen. Die Suppe schmeckte vorzüglich.

Während sie auf den Hauptgang warteten, ergriff Andreas wieder das Wort: „Es sind nun drei Reisen für dich geplant und du wirst wenig Zeit dazwischen haben. Für die Rückreise nach Helgoland reicht es nicht. Wir haben dir Hotelzimmer und Taxitransfers organisiert. Neues Gepäck mit sauberer Kleidung erhältst du jeweils vom Fahrer. Daher wäre es schön, wenn du einen Teil der Reiseberichte schon an Bord schreiben könntest, damit nichts vergisst. Achte aber darauf, dass niemand mitliest. Die Festplatte des kleinen Notebooks, das wir dir diesmal mitgeben, ist verschlüsselt. Auch Dein E-Mail-Programm ist so eingestellt, dass es automatisch verschlüsselte Mails schickt, Wenn es dir möglich ist, schicke uns schon immer Zwischenberichte, wann immer du in einem Hafen Internetzugang hast. Allerdings sollst du die Mails nicht an eines unserer Firmenpostfächer schicken. Anne hat eine E-Mail Adresse eingerichtet, die scheinbar einer älteren Dame gehört. Das sieht dann so aus, als würdest du deiner Großmutter regelmäßig schreiben."

Leonie zuckte zusammen. Die eine Großmutter hatte sie nie kennengelernt. Die zweite hatte ihr deutlich gezeigt, dass sie der Auffassung sei, Leonie wäre die Verursacherin ihres Unglücks. Tränen stiegen ihr in die Augen.

In diesem Moment wurde der Hauptgang gebracht. Alle konzentrierten sich auf das Essen und Leonie nutzt dies, um ihre Fassung wiederzugewinnen.

Der Rest des Abends verlief für Leonie ohne besondere Vorkommnisse. Sie genoss die Zeit mit Andreas und Anne und fragte sich, wann sie Boy, den eigentlichen Chef des Unternehmens einmal kennenlernen würde. Hoffentlich war er auch so nett wie sein Großvater und seine Sekretärin.

„Es gibt noch eine Planänderung", sagte Andreas ohne Vorwarnung, als sie beim Nachtisch angekommen waren. Erschrocken fuhr Leonie auf. „Der Linienflug um 12 Uhr ist ausgebucht", sagte Andreas nun. „Damit du auf Deiner Reise nach Barcelona keinen Zeitdruck hast, musst du morgen etwas früher aufstehen. Es gibt einen Flug nach Heist. Ein befreundeter Unternehmer fliegt selbst und nimmt dich mit."

„Wo ist Heist?", fragte Leonie schüchtern. Sie hatte den Namen noch nie gehört und fürchtete nun, sich zu blamieren. Andreas schien es zu bemerken und lachte nun: „Keine Sorge, du hast in der Schule im Erdkundeunterricht gut aufgepasst. Heist ist ein kleiner Ort in der Nähe von Uetersen."

Wieder schaute Leonie verlegen.

„Und die Rosenstadt Uetersen musst du nur dann kennen, wenn du dich für Rosen interessierst, oder wenn du im Südwesten Schleswig-Holsteins aufgewachsen wärst", lachte Andreas nun. „Ansonsten ist es keine Bildungslücke, diese Ortsnamen nicht zu kennen. Aber keine Sorge. Das wird sich ändern, wenn du länger bei uns bist."

Leonie entspannte sich nun wieder.

„Jan ist ein alter Freund von Boy", ergänzte Anne nun. „Er ist selten auf der Insel. Ich habe ihn zufällig heute getroffen und mit ihm vereinbart, dass er dich mitnimmt und dann mit dem Auto von Heist nach Fuhlsbüttel bringt. Das erspart dir den Stress, dich auf dem Festland um die Reise zum Flughafen kümmern zu müssen …"

„Und außerdem erspart es dir Xenias schlechte Laune", schoss es aus Andreas heraus. „Wieso Xenia?", fragte Leonie. „Ach vergiss es", sagte Andreas nur. „Sie ist grad mal wieder auf der Insel und verbreitet schlechte Laune. Aber zum Glück hat sich das ja bald erledigt."

Leonie hoffte auf weitere Erklärungen, traute sich aber nicht nachzufragen. Andreas wechselte abrupt das Thema: „Es ist schon spät. Anne und ich müssen noch einiges regeln. Findest du den Weg zur Wohnung allein?"

Leonie nickte.

„Gut!", sagte Andreas nun. Morgen früh holt Ole dich aus der Wohnung ab. Er bringt dich dann mit dem Börteboot auf die Düne und begleitet dich zum Flughafen. Dein Gepäck haben wir heute schon rübergebracht. Auch die Technik wartet schon auf der Düne auf dich. Du musst nur noch dein persönliches Handgepäck mitnehmen."

Er gab der Bedienung ein Zeichen. Prompt wurde die Rechnung gebracht. Kurz darauf war Leonie allein auf dem Weg zu ihrer Wohnung.

Es war merkwürdig. Leonie grübelte auf dem kurzen Weg über das seltsame Verhalten von Andreas und Anne nach. Sie hatten einen nervösen Eindruck auf Leonie gemacht und schienen ihr irgendwas zu verschweigen. Hing es mit dem Segeltörn zusammen, den Rickmer mit ihr unternommen hatte? Wieder einmal fragte sie sich, welche Aufgabe Rickmer im Unternehmen tatsächlich hatte.

In ihrer Wohnung angekommen, fiel Leonie in einen kurzen traumlosen Schlaf. Viel zu früh klingelte der Wecker. An diesem Morgen schien nichts glatt zu laufen. Leonie vertrödelte die Zeit, war gerade eben fertig geduscht und angezogen, als es schon an der Tür klingelte. Genervt öffnete sie. Ein großgewachsener junger Mann lächelte sie schüchtern an. „Ich bin Ole", sagte er nur.

„Oh!", sagte Leonie erschrocken. „Ich bin noch nicht fertig." Nun errötete Ole: „Ich bin ja auch viel zu früh hier." Leonie war erleichtert: „Komm rein. Ich packe nur noch schnell die restlichen Sachen zusammen." „Frühstück gibt es am Flugplatz", sagte Ole nur.

War das ein Tadel? Leonie wurde wieder unsicher.

„Anne hat gesagt ...", Ole machte eine Pause, schien nach Worten zu suchen. Leonie schaute ihn erwartungsvoll an. „Anne hat gesagt," begann Ole nun wieder. „Anne hat gesagt, du sollst dir keine Sorgen machen. Jan fliegt nicht ohne dich und dein Gepäck los. Dein Gepäck ist schon auf der Düne. Es ist eigentlich schon alles da, was du brauchst. Du musst nur noch deine persönlichen Sachen einpacken und vor allem deinen Ausweis mitnehmen."

Jetzt wurde Leonie ruhiger. Schnell hatte sie ihre Sachen zusammengepackt und verließ gemeinsam mit Ole die

Wohnung. Schweigsam lenke der sie auf den Weg zum Nordosthafen. Leonie dachte an Rickmer. Würde sie ihn noch vor dem Abflug sehen? Sie vermisste ihn schon jetzt. Doch er hatte am Vorabend ja schon angedeutet, dass der in nächster Zeit stark eingespannt sein würde.

Mit einem Börteboot brachte Ole Leonie zur Düne und begleitete sie zum Flugplatz. Dort besorgte er ihr einen Kaffee und ein belegtes Brötchen. Leonie war froh darüber, dass er ihr nicht mehr zu essen brachte, denn sie hatte keinen Appetit. Irgendwie hatte sie ein mulmiges Gefühl im Bauch.

Weil sie völlig in ihre Gedanken versunken war, bemerkte sie nicht, dass ein junger Mann an sie herantrat. „Ich bin Jan", hörte sie plötzliche eine Stimme neben sich. Leonie zuckte zusammen. „Ich wollte Sie nicht erschrecken", fuhr die Stimme fort. „Aber wenn wir nicht bald starten, kommen wir noch in Zeitnot. Und damit sollte kein Urlaub starten."

„Ah, fein", schaltete sich Ole ein. „Leonie, das ist Jan, Dein Pilot." Und zu Jan sagte er: „Ich lade schon einmal das Gepäck ein, wenn es dir recht ist."

Leonie erwachte aus ihrer Sprachlosigkeit: „Danke, dass Sie mich mitnehmen." Nun lachte Jan: „Aber das ist für mich doch selbstverständlich, meinem besten Freund zu helfen."

Leonie schaute Jan genauer an. Er war ihr auf Anhieb sympathisch. Wenn dies Boys bester Freund war, musste ihr Chef ein angenehmer Mensch sein. Sie bedauerte, dass sie ihren Chef noch immer nicht kennengelernt hatte. Würde sie ihn auf der Kreuzfahrt endlich kennenlernen?

Jann riss sie aus ihren Gedanken: „Wir sollten jetzt starten. Ich kann Sie ja leider nicht direkt nach Fuhlsbüttel fliegen, deshalb haben wir noch eine längere Autofahrt vor uns. Auf der Strecke kommt es oft zu Staus. Ich möchte meinem Freund nicht erklären müssen, warum Sie den Flug nach Barcelona verpasst haben."

Leonie aß schnell den letzten Happen ihres Brötchens. „Fertig", sagte sie dann.

Sie hatten bestes Flugwetter, eine wunderbare Sicht über das Meer und die Küste. Leonie stellte fest, dass Jan nicht nur ein guter Pilot war, sondern auch ein ausgezeichneter Reiseführer. Er erklärte ihr alles ausführlich, ging auf ihre Fragen ein. Ein wenig erinnerte er sie dabei an Rickmer. Ob die beiden sich wohl auch kannten und sich mochten?

Viel zu schnell neigte sich der Flug seinem Ende zu. „Nun muss ich einen Job als Reiseführer leider unterbrechen", sagte Jan. „Ich brauche jetzt alle meine Sinne, damit wir sicher auf dem Flugplatz von Heist aufsetzen."

Leonie nickte nur, schaute sich um. Kurze Zeit später waren sie sicher gelandet. Es dauerte nur wenige Minuten bis Jan das kleine Flugzeug an seinem Platz geparkt hatte. Dann nahm er Leonies Gepäck und führte sie zu seinem Auto.

„Ich habe Boy versprochen, dass ich Sie sicher bis zu ihrem Abflugterminal begleiten werde", sagte er als sie einstiegen. „Leider bleibt heute keine Zeit mehr, Ihnen die Rosenstadt Uetersen zu zeigen. Sie ist ein beliebter Urlaubsort für Frischverliebte. Viele verloben sich hier oder heiraten auch gleich."

Vor Leonies Augen erschien das Bild einer romantischen Hochzeit in Weiß inmitten von Rosen, nicht so schlicht und funktional, wie ihre Hochzeit mit Wolfgang gewesen war.

„Aber Sie werden hier ja ganz sicher nicht heiraten", riss Jan sie aus ihren Gedanken. Entsetzt sah Leonie ihn an. Tränen stiegen ihr in die Augen. Wie konnte dieser Mann, der eben noch so freundlich zu ihr gewesen war, plötzlich so gemein sein? Hatte sie sich so in ihm getäuscht? Am liebsten wäre sie sofort aus dem Auto gesprungen, irgendwie anders zu Flughafen gekommen. Sie wollte keine Minute mehr in der Nähe dieses schrecklichen Menschen verbringen.

„Nun weinen Sie doch nicht!", Jans Stimme war sanft. Wütend sah Leonie ihn an. Was bildete der sich eigentlich ein? Ihr erst so weh zu tun und ihr dann noch das Weinen zu verbieten. Bevor sie etwas sagen konnte, redete er schon weiter: „Ihnen steht doch eine viel schönere Hochzeit auf einer Insel bevor."

„Wie kommen Sie darauf?", fragte Leonie nun barsch. „Das steht doch in Ihrem Schicksal geschrieben", sagte Jan mit hochrotem Kopf.

Leonie wandte sich ab, sagte nichts mehr und schaute nur noch aus dem Seitenfenster. Was für eine abgedroschene, billige Ausrede. Die schöne Stimmung, die auf dem Flug geherrscht hatte, war verflogen. Sie hoffte, dass die Autofahrt schnell zu Ende ging und sie endlich ihre Weiterreise antreten konnte. In diesem Moment freute sie sich darauf, endlich wieder allein zu sein, doch die Autofahrt zog sich quälend lange für Leonie hin. Sie sprachen kein weiteres Wort mehr während der restlichen Fahrt. Jan versuchte auch nicht, den Faden wieder aufzunehmen. Er schien in Gedanken versunken.

Endlich erreichten sie das Flughafengelände. Leonie atmete auf. Jan fuhr in ein Parkhaus, das glücklicherweise sehr dicht am Terminal war.

Als er die Koffer aus dem Auto lud, wollte Leonie sie nehmen. „Nein!", hielt Jan sie zurück. „Ich habe Boy versprochen, Sie bis zur Sicherheitskontrolle zu bringen. Und genau das werde ich tun." Er nahm die Koffer und ging los. Leonie blieb nichts anderes übrig, als ihm zu folgen.

Jan half ihr beim Check In, gab die Koffer auf. Insgeheim war Leonie froh darüber, dass er bei ihr war. Sie war noch nie in ihrem Leben von einem großen Flughafen geflogen, wusste daher gar nicht, was zu tun war. Hoffentlich würde sie später den Weg zurück von Spanien finden. Mit einem Mal fühlte sie sich ganz unsicher. Hoffentlich merkte es niemand.

Als sie an der Sicherheitskontrolle angekommen waren und sie von dort aus allein weitergeben musste, streckte sie ihre Hand aus: „Danke!" Doch Jan nahm ihre Hand nicht. Zu Leonies Überraschung nahm ihren Kopf in beide Hände, zog sie an sich und küsste sie mitten auf das Feuermal. Leonie blieb vor Schreck fast das Herz stehen. Dann sagte er: „Ich freue mich, dass sich die Prophezeiung zum Helgoländer Makel jetzt richtig erfüllt."

Was hatte das zu bedeuten? Bevor Leonie ein Wort herausbringen konnte, lächelte er sie noch einmal warm an, drehte sich um und ging, ohne ein weiteres Wort. Leonie schaute ihm verwirrt nach.

„Nun stehen Sie hier nicht so rum und blockieren alles!", brachte eine empörte Stimme sie wieder in die Gegenwart zurück. Leonie entschuldigte sich, drehte sich um und ließ sich von den anderen Menschen zur Sicherheitskontrolle schieben.

Dort angekommen wusste sie nicht, was sie tun sollte. Als ihr ein sehr freundlicher Sicherheitsmitarbeiter Anweisungen gab, erinnerte Leonie sich wieder daran, was ihr Anne und auch Jan noch einmal erklärt hatten.

Danach begab sie sich sofort zum Abfluggate. Leonie hatte immer noch Angst, den Flug zu verpassen oder in ein falsches Flugzeug zu steigen. Aber es ging alles gut.

Nachdem sie ihren Fensterplatz im Flugzeug gefunden hatte, atmete Leonie erst einmal tief durch. Dann nahm sie die Papiere aus ihrer Handtasche, auf denen Anne ihr beschrieben hatte, wie sie in Barcelona zu ihrem Hotel und von dort am nächsten Tag zum Schiff finden würde. Weil Leonie kein Spanisch sprach, bereitete es ihr schon etwas Sorge, in einem fremden Land auf sich allein gestellt zu sein.

Doch es zeigte sich, dass Anne wieder einmal alles perfekt organisiert hatte: Als Leonie den Ankunftsbereich verließ, wartete schon eine Frau auf sie, sie ein großes Schild mit Leonies Namen deutlich sichtbar in die Höhe hielt. Erleichtert ging Leonie schnell auf sie zu und sprach sie an.

Die Frau starrte auf das Feuermal, nickte dann erst einmal stumm. Nach kurzer Zeit hatte sie sich aber gefangen und reichte Leonie die Hand. „Ich bin Mercedes", sagte sie. „Heute Abend werde ich Sie zu Ihrem Hotel bringen. Das Reisebüro hat dort auch, wie von Ihnen bestellt, einen Tisch im Restaurant gebucht."

„Danke", sagte Leonie erleichtert.

„Morgen komme ich dann nach dem Frühstück gegen 9:30 Uhr und hole sie ab. Wir machen eine kleine Stadtrundfahrt. Ich führe Sie dann wie gebucht durch La Sagrada Familia." Dabei bedachte sie Leonie mit einem warmen Lächeln: „Ich freue mich schon darauf, denn es kommt wirklich sehr selten vor, dass Touristen sich so viel Zeit für eine einzige Sehenswürdigkeit nehmen.

Normalerweise wollen sie eine schnelle Stadtrundfahrt an den wichtigsten Sehenswürdigkeiten vorbei und überall einen Fotostopp, damit sie zuhause zeigen können, wo sie überall waren. Sie sind wirklich ein außergewöhnlicher Mensch."

Leonie errötete vor Freude, denn es war offensichtlich, dass Mercedes es ernst meinte und es kein nur so daher gesagtes Kompliment war. Fröhlich folgte Leonie ihr zum Auto. Auf der Fahrt zum Hotel beschrieb Mercedes die interessanten Punkte, an denen sie vorbeikamen. Leonie fühlte sich in ihrer Gegenwart wohl.

Da ihr nach ihrer Ankunft im Hotel noch einige Zeit bis zum Abendessen blieb, schrieb Leonie einen kurzen Erfahrungsbericht für Anne, in dem sie sehr positiv über Mercedes berichtete. Leonie vermutete, dass dies wichtig sein könnte, falls Boy plante, auch Barcelona als Zwischenstopp oder Ausgangshafen für seine Kreuzfahrten zu wählen.

Auch im Restaurant wurde sie gut bedient. Das Personal schien ihr jeden Wunsch von den Augen abzulesen. Leonie war erleichtert, dass sie trotz ihres auffälligen Aussehens so gut behandelt wurde. Dabei fielen ihr Jans Worte zum Abschied wieder ein. Was hatte er gemeint, als er sagte, dass sich die Prophezeiung zum Helgoländer Makel nun richtig erfüllen würde? Was war eigentlich der Helgoländer Makel? Leonie beschloss, Anne zu fragen, sobald sie wieder auf Helgoland war. Eine E-Mail wollte sie nicht schicken. Es war ihr wichtig, Annes Reaktion auf die Frage direkt zu sehen.

Nach dem Essen wurde sie sehr schnell schläfrig. Leonie beschloss, direkt ins Bett zu gehen, um am nächsten Tag die Stadt ausgeruht genießen zu können.

Am nächsten Morgen wurde Leonie lange vor dem Klingeln des Weckers wach. In aller Ruhe machte sie sich fertig, frühstückte dann ausgiebig. Zum vereinbarten Zeitpunkt erschien Mercedes, hatte einen jungen Mann als Begleiter dabei. Als dieser ihr Feuermal sah, bekreuzigte er sich.

Leonies Stimmung sank. Im selben Augenblick begann Mercedes laut auf den jungen Mann einzureden. Leonie verstand kein Wort, aber der Tonfall ließ vermuten, dass es nicht freundlich war, was Mercedes zu ihm sagte. Er sank immer mehr in sich zusammen, schaute zu Boden. Der Mann tat Leonie leid. Sie wollte Mercedes unterbrechen, doch in diesem Moment beendete die ihre Tirade. Sie holte tief Luft, drehte sich dann zu Leonie um.

Da kam Leben in den jungen Mann. Er ging auf Leonie zu, kniete sich vor sie, senkte den Kopf, nahm ihre Hand und küsste sie. „Bitte entschuldigen Sie, Señora", sagte er leise. „Mein Benehmen ist unverzeihlich."

Tränen stiegen Leonie in die Augen. „Bitte stehen Sie auf", sagte sie. „Ich nehme Ihre Entschuldigung an. Aber bitte knien Sie nicht vor mir. Ich will Sie nicht demütigen. Genauso wenig, wie es in Ihrer Absicht lag, mich zu demütigen. Vermutlich waren Sie nur erschrocken, weil Sie so etwas wie mein Feuermal noch nicht gesehen haben."

Leonie wunderte sich selbst über die Worte, die einfach so aus ihr heraussprudelten. Doch es stimmte. Irgendetwas in ihrem Unterbewusstsein sagte ihr, dass der junge Mann es nicht böse gemeint hatte, ihr nicht weh tun wollte. Er stand auf, schaute Leonie glücklich an: „Ich bin Carlos", stellte er sich dann vor.

„Carlos, bring das Gepäck der Señora ins Auto und warte dort auf uns", befahl Mercedes ihm nun auf Deutsch. Als Carlos außer Sichtweite war, sagte Mercedes zu Leonie: „Danke, dass Sie so freundlich und so professionell reagiert haben. Carlos meint es nicht böse. Er muss nur noch viel lernen. Zu allem Überfluss ist er in einer sehr religiösen Familie aufgewachsen, die sich bei jeder Gelegenheit bekreuzigt."

„Ich verstehe nicht", sagte Leonie nur. Nun lachte Mercedes: „Ich muss es wissen. Er ist mein jüngster Cousin. Ein ganz lieber Kerl. Leider ist mein Onkel früh verstorben, nur wenige Tage nach Carlos Geburt. Meine Tante war der Meinung, dass sie und die Kinder schuld an seinem Tod seien. Seitdem schleppte die die Kinder ständig in die Kirche, lässt sie beten und Kreuze schlagen. Carlos Geschwister sind alle deutlich älter als er, flüchteten sich in unglückliche Ehen und eigene Häuser, um ihr zu entkommen. Danach hat die Tante ihren Frust nur noch an Carlos ausgelassen. Seit kurzem ist er volljährig. Ich habe ihm den Job verschafft, damit er den Absprung von ihr schafft. Sie können sich ja nicht vorstellen, wie das ist, von der Familie ununterbrochen für Dinge bestraft zu werden, die man selbst nicht zu verantworten hat."

„Oh, doch", sagte Leonie. Und ergänzte, als Mercedes sie fragend anschaute: „Ich kenne das nur zu gut aus eigener Erfahrung. Das erzähle ich Ihnen später, wenn wir nochmal allein sind. Aber jetzt sollten wir Carlos nicht mehr länger warten lassen. Der macht sich sonst Sorgen und denkt, wir wollen ihn wegen seines Verhaltens noch weiter bestrafen." Mercedes lachte: „Sie haben recht!"

Und so gingen die beiden Frauen mit einem Lächeln zu dem Auto, in dem Carlos schon mit bangem Blick auf sie wartete.

Vom Hotel ging es erst einmal direkt an der Küste entlang in Richtung Hafen. „Hier ist der Port Franc de Barcelona", sagte Mercedes. „In diesem Hafen legen die Fährschiffe und die Kreuzfahrtschiffe an. Ihr Schiff müsste auch schon da sein. Aber zum Einchecken ist es noch zu früh. Das startet erst ab 15 Uhr."

Carlos bog nach rechts ab, hinein in die lebhafte Stadt. Vor dem imposanten Kirchenbau La Sagrada Familia hielt er an. „Kommen Sie!", sagte Mercedes. „Wir steigen hier aus. Carlos wird etwas weiter entfernt mit dem Auto auf uns warten."

Leonie folgte ihr staunend. Die Kirche war, obwohl sie seit über einhundert Jahren im Bau und noch immer unvollendet war, wunderschön. Mercedes nahm sich Zeit, zeigte Leonie die einzelnen Bereiche und erklärte ihr alles. Leonie vergaß die Welt um sich herum. Zum Ende der Besichtigung stiegen sie noch auf einen der Türme. Leonie genoss den Ausblick über Barcelona.

Als sie das Bauwerk verließen, wartete Carlos schon mit dem Auto auf sie. Leonie fragte sich, wie die beiden es schafften, sich so perfekt aufeinander abzustimmen.

Im Auto sagte Leonie: „Vielen Dank für diese tolle Führung. Das was Sie mir gezeigt haben, ging deutlich über das hinaus, was ich gebucht und wofür ich bezahlt habe. Sie müssen wissen, es tut so gut, wenn man die Wertschätzung eines Menschen erfährt. Das erlebe ich sehr selten, nicht nur wegen meines Feuermals. Ich war das Ergebnis eines Seitensprungs meiner Mutter. Ihr Ehemann hatte sie eigentlich nur geheiratet, damit sie einen Erben zur Welt bringt, und hat sich ansonsten mit seiner Geliebten vergnügt. Er hat sich von meiner Mutter scheiden lassen, nachdem er wenige Monate nach meiner Geburt herausbekommen hatte, dass ich nicht sein Kind bin und meine Mutter keine weiteren Kinder bekommen konnte.

Meine Mutter nahm sich direkt nach der Scheidung das Leben. Und so wuchs ich bei meiner Großmutter auf. Die machte mich ständig verantwortlich dafür, dass sie nun kein Leben auf Kosten ihres reichen Schwiegersohns führen konnte, sondern von ihrer kargen Rente leben musste. Soweit es ihr möglich war, ließ sie es sich auf meine Kosten gut gehen, nahm viel von dem Geld, das mir zustand, für sich.“

„Oh!“, entfuhr es Carlos.

„Carlos, fahr mal zur Placa des Catalunya“, sagte Mercedes nun. Und zu Leonie: „Wir haben noch etwas

Zeit. Wenn Sie mögen, würde ich mit Ihnen gern einen Spaziergang von dort über die Rambla hinunter zum Kolumbus Denkmal machen. Man hat dabei einen wunderbaren Blick über den Hafen. Carlos kann uns dort wieder einsammeln. Von dort bringen wir Sie zu ihrem Schiff."

Freudig stimmte Leonie zu. Mercedes hatte nicht zu viel versprochen. Leonie staunte über die vielen Verkaufsstände in dieser Fußgängerzone, besonders die zahlreichen Blumenstände und erfreute sich immer wieder am Anblick des Meeres.

Als sie am Monument ankamen, umarmte Mercedes sie. „Danke, dass Sie das für Carlos getan haben", sagte sie. „Ich denke, diese tiefen Einblicke in Ihre Seele werden ihm helfen, sich von seiner Mutter zu lösen und selbstbewusst sein eigenes Leben zu leben, so wie Sie es tun." Leonie wollte antworten, doch Mercedes legte ihr einen Finger auf die Lippen. So schwieg Leonie, dachte nach, über das, was Mercedes gerade gesagt hatte. So hatte sie sich noch nie gesehen, als selbstbewusste Frau, die ihr Leben im Griff hatte, nachdem die Menschen es zu Beginn nicht gut mit ihr meinten.

Leonie hätte gern noch mehr Zeit mit den beiden verbracht, doch nun wurde es für sie Zeit, aufs Schiff zu gehen. Sie war ihrem Arbeitgeber unendlich dankbar dafür, dass er sie schon einen Tag früher nach Barcelona geschickt hatte.

***

Nach dem Auslaufen des Schiffes blieb Leonie lange an Deck, um den Blick auf die Küste zu genießen. Obwohl sie sehr hungrig war, nahm sie sich wenig Zeit fürs Abendessen, wollte schnell wieder raus, um das Land zu sehen. Nach dem Dunkelwerden war die Küste eine einzige lange Lichterkette, die sich am Horizont entlang zog.

Dann machte Leonie sich daran, ihren Bericht zu schreiben. Sie war von den Ereignissen des Tages viel zu aufgewühlt, um früh schlafen zu gehen. Lange nach Mitternacht schickte sie die verschlüsselte E-Mail an ihre fiktive Oma ab.

Nachts träumte Leonie von Rickmer, spürte seine Hände auf ihrem Körper. Sie vermisste ihn. Ob er sich wohl auch nach ihr sehnte? Oder war der gemeinsame Segeltörn nur ein freundlicher Ausflug von Kollegen gewesen? Jans Worte kamen ihr wieder in den Sinn: Es war ihr vom Schicksal vorherbestimmt, auf einer Insel zu heiraten. Woher wusste er das so genau? Hatte ihm jemand von ihr und Rickmer erzählt?

Am nächsten Morgen war sie schon wieder früh wach, wollte keine Minute der Reise verpassen. Seltsam – auf Schiffen benötigte sie immer deutlich weniger Schlaf als an Land, stellte Leonie fest.

***

Die Reise ging über Palma de Mallorca, Valencia, Cartagena, Malaga, Gibraltar bis Cádiz und wieder zurück nach Barcelona. Leonie genoss jeden Landausflug und auch die Zeit auf See, obwohl sie vom Personal und auch von den anderen Gästen wegen ihres Feuermals oft schlecht behandelt wurde. Doch diesmal verletzte es Leonie nicht so sehr wie bei ihrer ersten Kreuzfahrt. Sie war interessierter Beobachter, wurde dafür bezahlt, aufzuschreiben, wie die Menschen auf sie reagierten. Jeden Tag schrieb sie ihre Berichte und schickte sie aus den Häfen an Anna, immer adressiert an ihre Oma.

Leonie war schon neugierig auf die erste Kreuzfahrt auf einem Schiff ihres Arbeitgebers. Dort würde man sie dann hoffentlich genauso zuvorkommend behandeln, wie man es hier mit den „normalen" Passagieren in Kabinen der gehobenen Preiskategorie tat.

Manchmal freute Leonie sich auch darüber, wie mit ihr umgegangen wurde. Die Buchhalterin in ihr sagte sich dann, dass es ein Vorteil für den neuen Geschäftszweig ihres Arbeitgebers war. So würden dann mehr Menschen bei ihnen buchen. Wie lange würde sie wohl als Testerin eingesetzt werden? Auf den Schiffen würde man sie vielleicht irgendwann erkennen, denn das Feuermal war sehr auffällig.

Ob Rickmer auch an Bord des neuen Kreuzfahrtschiffes war? Leonie vermisste ihn schmerzlich. Sie wagte es nicht, Anna nach ihm direkt zu fragen. Trotzdem schrieb sie in ihrer nächsten E-Mail an Oma, dass Oma doch bitte herzliche Grüße an Rickmer ausrichten möge. Eine Antwort darauf erhielt sie allerdings nicht.

Am Tag vor der Ankunft in Barcelona schickte ihr Anne neue Anweisungen. Leonie sollte wie geplant von Barcelona nach Hamburg fliegen, dort dann wie ursprünglich geplant eine Nacht im Hotel verbringen. Ole würde sie dann in Hamburg am Flughafen abholen, ihren Koffer mit einem Koffer voller sauberer Kleidung für die nächste Reise tauschen und sie ins Hotel bringen.

Am nächsten Tag sollte sie spät aus dem Hotel auschecken und sich ein Taxi zum Kreuzfahrtterminal nehmen, von wo aus sie an der ersten Kreuzfahrt der Reederei Feeringer auf der Oldsum teilnehmen würde. Die Oldsum fuhr über Amsterdam, Le Havre, Southampton, Dover, Bremerhaven und danach zurück nach Hamburg. Leonie sollte aber entgegen der ursprünglichen Planung nicht bis Hamburg mitfahren, sondern schon in Bremerhaven aussteigen. Dort sollte sie sich ein paar Stunden in der Stadt aufhalten und nachmittags schon auf einem Schiff eines Mitbewerbers einchecken.

Diese Reise würde sie dann nach Schottland bringen, wo sie beim ersten Landgang entweder einen Ausflug zum Loch Ness machen oder Inverness, die Hauptstadt der schottischen Highlands erkunden könne. Danach würde sie einen Tag in Edinburgh verbringen. Zielhafen dieser Fahrt war denn wieder Hamburg. Von dort würde sie dann jemand abholen und zurück nach Helgoland bringen. Leonie war zunächst ein wenig enttäuscht, weil sie nicht an der gesamten Jungfernfahrt der Oldsum teilnehmen konnte. Doch andererseits hatte sie sich als Kind immer gewünscht, einmal nach Schottland zu reisen, um an dem legendären See nach dem Ungeheuer von Loch Ness zu suchen.

Sie schlief gut in ihrer letzten Nacht auf dem Mittelmeer. Ausgeruht verließ Leonie am späten Vormittag das Schiff und fand problemlos den Weg nach Hamburg zurück.

Dort wartete Ole schon ganz aufgeregt auf sie. Leonie freute sich, ihn wiederzusehen. „Schön, dass du wieder da bist", begrüßte Ole sie. „Ich freue mich, dass ich nach Hamburg kommen konnte, um zu sehen, wie die Oldsum zu ihrer ersten Kreuzfahrt der Reederei Feeringer ablegt."

„Fährst Du mit?", fragte Leonie neugierig. „Leider nein", bedauerte Ole. „Aber der Chef selbst wird mitfahren." Leonie war ganz aufgeregt. Dann würde sie ihren geheimnisvollen Chef vielleicht endlich kennenlernen.

Leonie fragte Ole, ob Rickmer auch zur Besatzung der Oldsum gehörte. Doch der tat so, als habe er ihre Frage nicht gehört, starrte auf die Straße und wechselte das Thema. Was hatte das zu bedeuten?

Schnell hatten sie das Hotel erreicht. Ole lud die Koffer aus. „Morgen musst du dir leider ein Taxi nehmen", sagte er. „Der Chef will nicht, dass dich jemand von der Firma fährt. Er hat Angst, dass dann jemand von der Crew merken könnte, dass du kein normaler Passagier bist. Er meint, dass sie sich dann anders verhalten könnten und dies den Test beeinflusst."

„Alles gut", lachte Leonie. „Ich werde schon zum Hafen finden." Sie wurde immer neugieriger auf ihren geheimnisvollen Chef, der alles bis ins kleinste Detail zu durchdenken schien.

***

Aufgeregt machte Leonie sich am nächsten Morgen auf den Weg vom Hotel zum Schiff. Die Oldsum war deutlich kleiner, als die riesigen, schwimmenden Bettenburgen, mit denen sie bislang gereist war. Dieses kleine Schiff gefiel ihr deutlich besser.

Schon bald hatte sie ihre Kabine bezogen. Dort las sie, dass die Oldsum ursprünglich einmal als Hurtigruten Schiff gebaut und zwei Jahrzehnte lang auf der berühmten Postschiffroute an der norwegischen Küste entlang zum Nordkap unterwegs gewesen war. Ein Seufzer entfuhr Leonie. Zu gern würde sie diese Reise auch einmal machen, am liebsten zusammen mit Rickmer. Oh, ja, Rickmer. Sie vermisste ihn so sehr. Was er wohl gerade machte? Und warum hatte Ole so merkwürdig reagiert, als Leonie ihn nach Rickmer fragte? Hatte Rickmer etwas angestellt, womit er sich den Unmut seines Chefs zugezogen hatte? Hatte er Helgoland womöglich verlassen? Würde sie ihn nicht mehr wiedersehen? Leonie geriet in Panik. Doch dann rief sie sich zur Ruhe. In spätestens zwei Wochen wäre sie wieder auf der Insel. Dann hätte sie erst einmal vier Wochen Kreuzfahrtpause, um sich zu erholen, hatte Anne geschrieben.

In dieser Zeit würde sie Rickmer sicherlich begegnen. Und wenn nicht, könnte sie auf der Insel immer noch Nachforschungen anstellen, um herauszufinden, wo er sich aufhielt.

Diese Kreuzfahrt war ein reines Vergnügen für Leonie. Das Schiff war überschaubar. Es ging nicht so anonym zu, wie auf den großen Schiffen, auf denen sie bislang gereist war. Das Personal verhielt sich ihr gegenüber auch ganz anders. Niemand starrte sie an oder setzte sie an einen Katzentisch, weil andere Mitreisende sie nicht an ihrem Tisch duldeten. Es gab viele Menschen mit irgendeinem Handicap auf diesem Schiff. Die sogenannten normalen Menschen waren in der Unterzahl. Doch auch sie wurden nicht anders behandelt.

Fröhlich schrieb Leonie jeden Tag ihre Berichte für Anne. Der geheimnisvolle Boy R. Feeringer war ihr leider noch nicht begegnet. Oder hatte er sich einfach unerkannt unter die Passagiere gemischt? Vielleicht war sie ihm sogar schon begegnet, hatte sich mit ihm unterhalten und wusste gar nicht, dass sie ihrem Chef gegenüberstand.

Als Leonie von ihrem Landausflug in Dover zurück aufs Schiff kam, fragte sie sich, ob sie ihren Chef an diesem Abend kennenlernen würde. Morgen früh sollte das Schiff Bremerhaven erreichen, wo sie ausstieg, um ein anderes Schiff zu nehmen, während die Oldsum nach Hamburg weiterreiste. Auf dem Tisch in ihrer Kabine fand Leonie einen Briefumschlag in den Farben Helgolands. Neugierig öffnete sie ihn. „Der Kapitän der Oldsum und der Reeder Boy R. Feeringer bitten Sie heute zum Abendessen an ihren Tisch", stand auf der Karte darin. Leonie bekam weiche Knie, musste sich erst einmal setzen. Dann las sie die Karte noch einmal. Tatsächlich, sie war eingeladen, heute das Abendessen gemeinsam mit dem Kapitän und dem Eigner dieses Schiffes einzunehmen. Ihr Herz machte einen großen Satz.

An diesem Abend sollte sie auch etwas Besonderes anziehen, dachte sich Leonie. Sie war froh, dass das wundervolle Kleid, dass ihr der junge Polizist aus Erfurt geschenkt hatte, in ihrem Koffer war. Heute Abend würde sie es zum ersten Mal tragen. Es war genau der richtige Anlass dafür.

Leonie duschte, und nahm sich anschließend viel Zeit, um sich zurechtzumachen. Sie frisierte ihre Haare, schminkte sich Augen und Lippen. Auf eine Schicht Makeup verzichtete sie. Hier an Bord war es nicht notwendig, das Feuermal zu verstecken. Frohen Mutes ging, ja schwebte sie fast in den Salon, wo das Abendessen stattfinden sollte.

Als sie sich dem Tisch näherte, an dem sie sitzen sollte, traute Leonie ihren Augen kaum. Sie schaute noch einmal genauer hin. Tatsächlich, es war Rickmer, der da am Tisch saß. Also gehörte auch er zur Besatzung. Ihr Herz schlug bis zum Hals. Auch Rickmer sah sie mit strahlenden Augen erwartungsvoll an. Der Kapitän, kam auf Leonie zu, bot ihr seinen Arm und führte sie zum Tisch. Leonie bemerkte, dass noch zwei Plätze am Tisch frei waren. Links von Rickmer war ein freier Platz. Auf dem Teller lag ein kleines, verpacktes Geschenk. Leonie hatte Schmetterlinge im Bauch.

„Herzlich willkommen an meinem Tisch", sagte der Kapitän. „Ich freue mich, Ihnen an diesem Abend auch den Eigner dieses Schiffes, Boy Rickmer Feeringer vorstellen zu dürfen."

Bevor Leonie oder Rickmer etwas sagen konnten, hörte Leonie Xenias unangenehme Stimme: „Liebling, bitte entschuldige die Verspätung!" Und an Leonie gewandt: „Ich glaube, Sie haben sich am Tisch geirrt. Das Personal hat am Kapitänstisch nichts zu suchen."

Leonie blieb stocksteif stehen, schaute zu, wie Xenia sich auf den Platz neben Rickmer setzte, das Geschenk nahm und es öffnete. „Oh, ein Ring für mich" Liebling, wie zauberhaft…"

Jetzt war es um Leonies Fassung geschehen. Mit Tränen in den Augen riss sie sich vom Arm des Kapitäns los, rannte zu ihrer Kabine und verschloss die Tür. Weinend warf sie sich auf das Bett. Wieder einmal war sie von einem Mann belogen und betrogen worden. Rickmer hatte sie über seine wahre Identität getäuscht, Leonie als netten Zeitvertreib benutzt. Und nun erwartete er von Leonie, dass sie gute Miene zum bösen Spiel machte und das Gelingen seiner ersten Kreuzfahrt gemeinsam mit ihm und seiner furchtbaren Ehefrau feierte. Dazu musste Leonie dann noch ansehen, dass er Xenia einen Ring schenke, das Symbol der Liebe und der ewigen Verbundenheit. Das, was Leonie sich so sehr von dem

Mann wünschte, den sie als einfachen Arbeiter unter dem Namen Rickmer kennengelernt hatte. Wieder einmal hatte ein Mann sie betrogen. Wieder einmal musste Leonie alle Hoffnungen auf eine glückliche Partnerschaft mit einem Mann, der sie trotz ihres Aussehens liebte, begraben.

Zwei Stunden später klopfte es an ihre Tür. „Leonie", hörte sie Rickmers Stimme. „Bitte lass mich rein. Ich möchte mit dir reden. Es ist alles nur ein großer Irrtum."

„Verschwinde", rief Leonie zornig. Dann brach sie wieder in Tränen aus und schlief kurz danach ein. Leonie träumte von der Brar, segelte zusammen mit Rickmer. Dann verschwand dieses Bild und sie sah sich in einem Brautkleid. Langsam schritt sie über den Kirchhof zum Kirchenportal. Dabei wunderte sie sich über die großen Grabsteine, die offensichtlich die ganzen Lebensgeschichten der Menschen erzählten, die hier begraben waren. „Die sprechenden Grabsteine", kam ihr Rickmers Stimme in den Sinn. Wo hatte sie das schon einmal gehört? Dann hörte Leonie noch einmal Jans Stimme, die sagte: „Sie werden auf einer Insel heiraten.", bevor sie für den Rest der Nacht in einen tiefen, traumlosen Schlaf versank.

Am nächsten Morgen erwachte Leonie früh. Was sollte sie tun? Ihr Magen knurrte, aber Leonie beschloss, das zu ignorieren. Sie würde keinen Fuß vor die Kabinentür setzen, bevor das Schiff nicht in Bremerhaven festgemacht hatte. Leonie wollte diese Tür nur noch öffnen, um das Schiff zu verlassen.

Es klopfte an der Tür. „Verschwinde!", rief Leonie. „Ich will niemanden sehen." Sie hörte, dass die Tür von außen aufgeschlossen wurde, suchte fieberhaft nach einem Gegenstand, den sie nach dem Eindringling werfen konnte.

Eine ältere Mitarbeiterin aus dem Service öffnete die Tür und kam in die Kabine. Sie lächelte Leonie verschmitzt an und stellte ein großes Tablett auf dem Tisch ab. „Ich komme ohne Auftrag, handle völlig eigenmächtig", sagte sie mit ruhiger Stimme. „Man kann einfach besser über sein Leben und seine Zukunft nachdenken, wenn der Magen nicht ständig dabei knurrt." Dann drehte sie sich um, verließ die Kabine und schloss auch wieder von außen ab.

Es duftete verlockend von dem Tablett. „Was soll's", sagte sich Leonie. „Ich weiß nicht, wann ich wieder etwas zu essen bekomme."

Das Frühstück war köstlich, wie alle Mahlzeiten auf diesem Schiff. Tränen stiegen Leonie in die Augen, als sie kurz an den gestrigen Abend dachte. Was sollte sie tun? Sie würde nicht mehr nach Helgoland zurückkehren. Dessen war sie sich sicher. Außerdem musste sie kündigen, denn für Boy, Rickmer oder wie auch immer er sich nannte, wollte sie nicht mehr arbeiten.

An der nächsten für sie gebuchten Kreuzfahrt, die am Nachmittag ab Bremerhaven startete, wollte Leonie noch teilnehmen. Sie wollte unbedingt Schottland sehen und wusste nicht, ob sie jemals wieder das Geld haben würde, um dort noch einmal hinzukommen. Außerdem verschaffte es Leonie Zeit. Sie hatte so noch für fünf Tage ein Dach über dem Kopf, konnte sich in dieser Zeit überlegen, wohin sie ziehen wollte. Danach brauchte sie noch etwas Zeit, um sich eine neue Arbeit zu suchen.

Nach dem Frühstück packte Leonie schnell ihre Sachen. Das Kleid, das sie am Abend getragen hatte, ließ sie in der Kabine liegen. In Erfurt hatte sie sich über das Geschenk gefreut, doch es hatte ihr kein Glück gebracht.

Nachdem das Schiff in Bremerhaven festgemacht hatte, drängte Leonie sich in die Gruppe von Menschen, die es eilig hatte, das Schiff zu verlassen. Sie wollte Rickmer nicht mehr begegnen, ihm keine Möglichkeit mehr geben, sie noch einmal anzusprechen.

Als die das Schiff verließ, sah sie ihn aus den Augenwinkeln. Leonie glaubte Bedauern in seinem Gesicht lesen zu können. Doch sofort schalt sie sich eine Närrin. Er war glücklich mit seiner Xenia, hatte Leonie nur als Werkzeug gebraucht, um sein neues Geschäft in Gang zu bringen. Daneben hatte er sie als Spielzeug gehabt, um sich die Zeit zu vertreiben und seine Anziehungskraft auf Frauen bestätigt zu sehen. Leider war sie in ihrer Naivität wieder einmal ein leichtes Opfer für einen Mann geworden, der es nicht gut mit ihr meinte.

Wütend war Leonie auch auf Anne und Andreas. Die beiden waren ihr sehr sympathisch gewesen, doch auch in diesen beiden Menschen hatte sie sich wohl getäuscht.

Glücklicherweise fand Leonie an Land gleich ein freies Taxi, lief sich zum Hauptbahnhof fahren. Langsam schlenderte sie durch den Bahnhof, verließ ihn durch einen anderen Ausgang. Dort wählte sie ein anderes Taxi, ließ sich zum nächsten Schiff bringen, ihrer vorerst letzten Kreuzfahrt.

***

Beim Abendessen fiel Leonie schwer, die Fassung zu bewahren. Ihre Tischnachbarn zeigten deutlich, wie unangenehm es ihnen war, das Essen gemeinsam mit jemandem einzunehmen, der so wie Leonie gezeichnet war. Leonie verabschiedete sich früh, um ihnen den Abend nicht zu verderben. Sie ging davon aus, dass sie nun zu jeder Mahlzeit an einem anderen Tisch sitzen würde. Wie schön war es doch auf der Oldsum gewesen! Aber das war Geschichte. Nie wieder würde sie auf diesem Schiff reisen, geschweige denn jemals wieder mit Anna, Andreas oder gar Rickmer essen gehen. Leise weinte Leonie sich in den Schlaf.

Der nächste Tag war ein Seetag. Leonie genoss ihn an Deck. Den meisten Reisenden war es zu kühl draußen. So konnte Leonie die Seeluft genießen, ohne die abschätzigen Blicke der anderen auf sich zu spüren. Was sollte sie tun, wenn diese Reise endete? Leonie liebte das Meer und die Schiffe. Vielleicht konnte sie bei einer Reederei im Büro mit wenig Kontakt zu Menschen arbeiten. Möglicherweise gab es auch die Möglichkeit, irgendwo im Verborgenen auf einem Kreuzfahrtschiff zu arbeiten.

Abends schrieb Leonie ihre Berichte. Sie hatte sich vorgenommen, ihre Arbeit gewissenhaft zu erledigen, damit die Firma Feeringer keinen Grund hatte, ihr Gehalt zurückzubehalten oder gar die Reisekosten zurückzufordern. Allerdings nahm sie sich vor, die E-Mails erst am vorletzten Tage bei der Abreise aus Schottland zu verschicken, damit Anne ihr während der Reise nicht antworten konnte.

Am nächsten Tag erreichte das Schiff frühmorgens Invergordon. Leonie hatte sich für einen Landausflug nach Loch Ness entschieden, wollte einen Blick auf das sagenumwobene Ungeheuer erhaschen. Natürlich zeigte es sich nicht. Eine ältere Frau, die offensichtlich hier wohnte, schaute lange nachdenklich das Feuermal auf Leonies Stirn an. Dann lächelte sie und sagte etwas in einer Sprache, die Leonie nicht verstand. Die war der Verzweiflung nahe. Gab es denn keinen Ort auf dieser Welt, an dem sie einfach ein ganz normaler Mensch sein konnte? Sie war froh, als sie sich nach dem Abendessen wieder in der Kabine verkriechen konnte.

Am nächsten Tag erreichten sie Edinburgh. Leonie fuhr vom Hafen Leith, wo das Schiff festmachte, mit dem Bus zum Holyrood Palace, wanderte von dort die Royal Mile hinauf bis Edinburgh Castle. Von der Burg schaute sie über die Stadt und den Firth of Forth, sah die Bohrinseln in dieser Meeresbucht, die scheinbar sehr nahe am Ufer standen. Danach ging sie die steilen Treppen zum Grasmarket hinunter. Von dort unten staunte sie, wie steil der Felsen doch war, auf dem die Burg thronte, sie schien nahezu uneinnehmbar.

Ihre Gedanken wanderten zu Rickmer. Leonie stellte sich vor, wie es wäre, an ihn angelehnt hier zu stehen und nach oben zu schauen. Sie erinnerte sich an das warme Gefühl, dass sie verspürt hatte, als sie vor einer gefühlten Ewigkeit an der Amrumer Odde dicht aneinander geschmiegt standen und über das Meer zur Insel Föhr schauten. Wieder musste sie weinen.

Jemand zupfte an ihrem Ärmel. Leonie drehte sich um und schaute in die grünen Augen einer hochgewachsenen, älteren Frau. Liebevoll schaute diese Leonie an und sagte: „Weine nicht, du trägst ein besonderes Zeichen. Dir ist Großes vorherbestimmt. Zunächst war dir das Schicksal nicht wohlgesonnen, du hast viel Leid erfahren. Doch wenn du vertraust, wirst du viel Glück erfahren, das dein Leben lang bleibt."

Sie nahm Leonies Kopf in beide Hände und küsste sie mitten auf das Feuermal. Dann drehte sie sich um und ging fort, ohne ein weiteres Wort zu sagen. Überraschend schnell war sie aus Leonies Blickfeld verschwunden. War sie tatsächlich da gewesen, oder war sie nur ein Trugbild? Leonie glaubte, auf der Stirn der alten Frau auch ein Zeichen gesehen zu haben. Es hatte die Form eines Halbmondes, war aber blau gewesen, fast wie eine Tätowierung.

Langsam machte Leonie sich auf den Weg zurück zum Hafen, damit das Schiff nicht ohne sie abfuhr. Allerdings war ihre Sorge unbegründet, denn das Schiff blieb wegen einer Abendveranstaltung an Land noch eine Nacht lang im Hafen liegen, legte am nächsten Vormittag wieder ab.

Leonie blieb an Deck, bis das Land außer Sicht war. Schmerzlich wurde ihr bewusst, dass das nächste Land, was sie sehen würde, entweder der rote Felsen von Helgoland oder die Elbmündung sein würden. Sie hatte noch keinen Entschluss gefasst, was sie tun sollte, nachdem dieses Schiff Hamburg erreicht hatte. Irgendwie konnte sie sich kein Leben fern von Helgoland vorstellen. Auch an diesem Abend weinte Leonie sich in den Schlaf.

Am nächsten Morgen wehte ein starker Wind. Leonie sah durchs Fenster ihrer Kabine, dass die Wellen mindestens zwei Meter hoch waren. Und sie sah noch etwas anderes: Den roten Felsen ihrer geliebten Insel Helgoland. Nichts hielt sie mehr in ihrer Kabine. Sie musste an Deck, die Insel noch einmal aus der Nähe sehen.

Immer näher kamen sie der Insel. Leonie könnte die schroffen, roten Felsen deutlich erkennen, dazu war über der Insel ein Regenbogen. Auf dem Wasser sah Leonie ein Segelboot tanzen. Es erinnerte sie an die Brar, diese wunderbare Reise mit Rickmer, bevor sie wieder zu den Kreuzfahrten aufbrach. Leonie war todunglücklich. Helgoland, ihre Arbeit, Segeln mit Rickmer. All dies hatte sie sehr geliebt und nun für immer verloren. Rickmer hatte nur mit ihr gespielt, war in Wahrheit mit der schrecklichen Xenia verheiratet.

Obwohl – hätte Leonie es nicht wissen müssen? Schließlich hatte Rickmer ihr bei der Amrumer Odde von seiner Kindheit erzählt und auch, dass man ihr Feeringer nannte. Es hätte ihr eigentlich klar werden müssen. Doch sie hatte es verdrängt, gedacht, das Feeringer an der Nordseeküste Schleswig-Holsteins ein Allerweltsname wie die dort gebräuchlichen Namen Hansen, Clausen oder Petersen sei.

Das Leben hatte keinen Sinn mehr für Leonie. Sie hatte nichts Gutes mehr vom Leben zu erwarten. Wie ferngesteuert kletterte Leonie über die Reling und sprang in die Tiefe. Sie hörte nur noch den Aufschrei eines Mitreisenden, bevor sie hart auf dem Wasser aufschlug.

Es war so kalt, dass es ihr den Atem verschlug. Sie tauchte auf, das Schiff war verschwunden. Leonie sah nur noch den Himmel und Wellenberge. Instinktiv begann sie zu schwimmen, doch dann setzte ihr Verstand wieder ein. Wozu? Das Kreuzfahrtschiff würde sie nicht wiederfinden. Leonie wollte auch gar nicht gerettet werden, wollte nicht mehr in ihr Elend zurück. Lieber wollte sie hier vor ihrer geliebten Insel im Meer versinken. Vielleicht würde man ihre Leiche ja wiederfinden und dann, obwohl man ihren Namen kannte, sie trotzdem auf dem Friedhof der Namenlosen begraben. Leonie stoppte die Schwimmbewegungen, ließ sich treiben. Eine gnädige Ohnmacht umfing sie nach kurzer Zeit.

***

Etwas war anders. Es war hell, wärmer und die Bewegungen waren anders. Außerdem hatte Leonie das Gefühl auf dem Trockenen zu sein. Was dies das

Paradies? Leonie schlug die Augen auf. Ein Mann in einem roten Overall lächelte sie erleichtert an. „Willkommen auf der Hermann Marwede", sagte er.

Leonie wollte ihn fragen, was das zu bedeuten habe. Irgendwie kam ihr der Name seltsam bekannt vor. Doch woher kannte sie ihn? Ihr Mund und ihre Zunge gehorchten ihr nicht. Erschöpft schlief sie ein.

Als Leonie das nächste Mal die Augen öffnete, schaute sie in das besorgte Gesicht von Andreas.

„Wo bin ich?", fragte Leonie.

„Im Helgoländer Krankenhaus", antwortete Andreas. „Du hast über zwei Tage geschlafen, warst teilweise bewusstlos. Wir hatten Angst, dass wir dich verlieren."

Schlagartig hatte Leonie wieder alle ihre Sinne beisammen. Was für eine Heuchelei! Sie schnaubte wütend. Nun lachte Andreas: „Ich kann dich gut verstehen. Was den Umgang mit Frauen angeht, ist mein Enkel ein Narr!"

Leonie holte tief Luft, wollte etwas entgegnen, suchte noch nach den passenden Worten. Doch Andreas legte ihr sanft den Finger auf die Lippen. Leonie verstand die Bitte und schwieg. „Rickmer kann gerade nicht zu Dir kommen, denn auch er ist in diesem Krankenhaus noch unter strenger Beobachtung", sagte Andreas. „Er ist noch sehr schwach, kam sehr unterkühlt hier an, denn er war viel länger im Wasser als du."

Leonie erschrak, konnte ihre Gedanken und Fragen aber nicht so schnell in Worte fassen.

„Er war zufällig in der Nähe als du über Bord gegangen bist. Daraufhin hat er sofort die Seenotretter angefunkt. Du bist in unmittelbarer Nähe der Brar aufgetaucht, hast versucht zu schwimmen. Dann hörten die Schwimmbewegungen auf und du gingst wieder unter. Weil die Hermann Marwede noch zu weit entfernt war, hat Rickmer sich mit einer langen Leine an der Brar eingeklinkt, den Motor ausgeschaltet, und ist ins Wasser gesprungen, um dich zu retten, was ihm auch gelungen ist. Nachdem du sicher auf dem Seenotkreuzer warst und sie ihn bergen wollten, ist die Leine gerissen, oder er hat sie vielleicht auch selbst gekappt. Jedenfalls dauerte es ziemlich lange, bis die Seenotretter Rickmer aufgefischt hatten."

Andreas schien die Fragen von ihrem Gesicht abzulesen und redete weiter: „Er hatte einen Abschiedsbrief geschrieben, den wir erst nach Eurer Rettung gefunden haben. Gestern Morgen ist er früh mit der Brar rausgefahren in Richtung Westen. Er wollte über Bord gehen, sich das Leben nehmen. Anna und mir zuliebe wollte er es aber wie einen Unfall aussehen lassen, damit die Leute sich nicht das Maul über seinen Tod zerreißen. Nachdem du von Bord der Oldsum gegangen warst, ohne noch einmal mit ihm gesprochen zu haben, war er sicher, dass er dich verloren hatte und wollte nicht mehr leben."

„Aber er hat doch seine Xenia!", konterte Leonie empört.

„Diesen Irrtum will ich doch gerade aufklären", sagte Andreas gelassen. „Rickmers Geburt war etwas Besonderes und rief Menschen auf den Plan, die nicht nur an den christlichen Gott glauben, wie wir ihn kennen, sondern auch noch mit den alten Göttern in Verbindung stehen, denen wir Helgoländer huldigten, bevor die Christen uns missionierten. Helgoland – Hilligland, diese Insel war schon immer ein besonders heiliger Ort. Es gab eine alte Prophezeiung: „Ein Kind mit einem besonderen Zeichen von einer anderen Insel, das gegen den Willen der Dynastien entstanden ist, wird eine Frau mit einem großen Makel finden, die fernab der Inseln geboren und aufgewachsen ist. Sie ist gezeichnet mit den Rändern der heiligen Insel. Er wird mit ihr eine neue Dynastie gründen, die beiden Inseln guttut und die Menschen dort glücklich macht."

Diese Anhänger der alten Lehren waren der Meinung, dass mein Enkel dieses Kind sei. Sie glaubten, dass er die Inseln in einer Zeit wirtschaftlicher Schwierigkeiten wieder zum Blühen bringen könne.

Eines Tages kam Xenia nach Helgoland. Sie trug beim Ausbooten ein T-Shirt mit den Konturen von Helgoland. Heute kannst du so etwas in jedem Souvenirshop kaufen. Bei Xenias erstem Besuch hier gab es sowas noch nicht. Außerdem war Xenias T-Shirt handgearbeitet, eine Freundin hatte es ihr geschenkt.

Xenia sah Boy zum ersten Mal beim Ausbooten und fand Gefallen an ihm. Außerdem merkte dieses geldgierige Weib schnell, dass er aus einer Unternehmerfamilie stammte. Sie war daher der Überzeugung, dass er nicht ganz unvermögend sein könne, was ihr und auch ihren Eltern, die das geerbte Unternehmen und das Vermögen ihrer Vorfahren gemeinsam mit ihrer Tochter durchgebracht hatten, sehr gelegen kam. Dass die Familie bankrott ist, merkte Boy allerdings erst vor wenigen Tagen.

Doch zurück zum ersten Treffen: Also, der Junge gefiel ihr. Damals riefen ihn noch alle Boy, wollten ihm seinen Helgoländer Namen Rickmer, den meine Tochter ihm gegeben hatte, nicht zugestehen, da er ja ein Fremder von Föhr war. Auch mir fällt es heute noch schwer, den Namen Rickmer zu verwenden. Aber da Boy der Name ist, den Xenia verwendet hat, du ihn unter dem Namen Rickmer kennengelernt und ihn in der kurzen Zeit, die ihr bisher miteinander verbracht habt, sehr glücklich gemacht hast, will ich nun nur noch den Namen Rickmer verwenden.

Xenia schaffte es, mehr über ihn in Erfahrung zu bringen, hörte von der Prophezeiung. Das nutze sie aus. Jedes Mal, wenn sie auf die Insel kam, trug sie die Umrisse Helgolands in irgendeiner Form. Wenn Xenia etwas erreichen will, ist die eine Meisterin der Täuschung. Sie umgarnte uns alle. Erst ein Jahr nach der Hochzeit zeigte sie ihr wahres Gesicht.

Rickmer war nicht glücklich mit ihr, zumal sie die Insel und das Meer hasste. Trotzdem hielt er zu ihr, weil er an die Prophezeiung glaubte. Er dachte, dass ihr Charakter der in der Prophezeiung erwähnte Makel sei, den er eben ertragen müsse. Wir anderen sahen sie lieber von hinten und waren froh, dass sie nur selten auf die Insel kam.

Irgendwann bekamen wir heraus, dass sie sich nicht nur ihr Luxusleben auf dem Festland, sondern auch noch einen Liebhaber vom Geld ihres Ehemannes bezahlen ließ. Rickmer war verzweifelt, dachte über die Scheidung nach, da sie eigentlich schon längst mehr oder weniger getrennt lebten. Vor allem weigerte sich Xenia der Scheidung zuzustimmen, sie drohte, das Unternehmen zu ruinieren, wenn die Scheidung gegen ihren Willen ausgesprochen werden würde. Rickmer hoffte außerdem immer noch auf ein Kind von Xenia, das irgendwann einmal sein Erbe antreten sollte oder im schlimmsten Fall nicht von ihm war und dann nach einem Vaterschaftstest als Grund für eine Scheidung dienen könnte. Du siehst, eigentlich wusste er weder ein noch aus.

Dann traf Rickmer dich bei deiner ersten Reise nach Helgoland auf dem Börteboot und es war Liebe auf den ersten Blick. Du musstest ihn nicht mit einem künstlichen Zeichen täuschen, denn du trugst die Insel auf deiner Stirn. Es war das Zeichen, dass du hierher und zu Rickmer gehörst.

Nach den schlechten Erfahrungen mit Xenia hatte er Angst vor Frauen. Vor allem fürchtete er wieder an eine zu geraten, die sich nur für sein Geld interessierte. Deshalb sagte er und auch wir dir zunächst einmal nicht, wer er wirklich war. Seine beiden Vornamen waren dabei natürlich hilfreich.

Rickmers Sorgen waren unbegründet. Das konnten wir alle schnell feststellen. Zu diesem Zeitpunkt hätte Rickmer sich dir offenbaren, dich in seine Gefühle und Pläne einweihen sollen. Als du den Vertrag bei uns unterschrieben hast, beauftragte Rickmer bereits seinen Freund Jan, die Scheidung voranzutreiben. Jan ist Anwalt, musst du wissen.

Rickmer wollte dir einen Heiratsantrag machen, allerdings erst, wenn die Scheidung von Xenia rechtskräftig und er damit frei für dich war. Dieser Tag war der unglückselige Tag, an dem ihr gemeinsam auf der Oldsum zu Abend essen solltet. Rickmer hatte alles vorbereitet, den Verlobungsring als Geschenk verpackt auf den Teller an deinem Platz gelegt, dem Platz neben sich.

Xenia hat es irgendwie geschafft, in Dover an Bord zu kommen. Nein, nicht irgendwie, wir kennen inzwischen ihre Verbündeten. Mitarbeiter vom Festland, die sie bestochen hat und die sie an Bord ließen. Die Übeltäter wurden inzwischen fristlos entlassen, wie du dir sicher denken kannst.

Dabei spielte Xenia in die Karten, dass du noch immer nicht wusstest, wer Rickmer wirklich ist und dass die beiden zum Zeitpunkt ihres großen Auftritts als Ehefrau schon rechtskräftig geschieden waren. Den Rest der Geschichte kennst du ja."

Nun schluchzte Leonie laut auf.

„Nein", sagte Andreas. „Weine nicht wieder. Es besteht kein Grund dazu, denn es hat sich doch noch alles zum Guten gewendet – zumindest dann, wenn du ihn noch willst."

„Nichts lieber als das", sagte Leonie und schlief erschöpft ein.

***

Kaffeeduft weckte Leonie viele Stunden später wieder auf. Rickmer saß lächelnd vor ihr und hielt ihr einen Becher mit dampfend heißem Kaffee hin. „Wenn ich schon nicht mir dir zu Abend essen kann, will ich wenigstens mit dir frühstücken.", sagte er nur.

Leonie warf sich mit einem Aufschrei in seine Arme, weinte diesmal vor Freude. Der Kaffee war über den ganzen Boden verschüttet.

Am späten Nachmittag durften beide das Krankenhaus verlassen. Da beide noch recht wackelig auf den Beinen waren, holte Andreas sie mit einem Elektrokarren ab. Zuerst fuhr er zum Büro, wo Rickmer zu Leonies Enttäuschung allein ausstieg. Dann brachte er Leonie zu ihrer Wohnung.

„Gräme dich nicht", sagte Andreas, als Leonie ausstieg. „Rickmer ist es sehr wichtig, er will unbedingt noch etwas regeln. Heute Abend treffen wir vier uns in Annes Wohnung zum Abendessen. Sie hat darauf bestanden, für uns zu kochen, wollte das Wiedersehen nicht in einem öffentlichen Restaurant feiern. Anne meinte, das sei zu anstrengend für euch beide. Außerdem wirst du für eine Woche bei Anne im Gästezimmer übernachten. Das war die Bedingung, damit du schon jetzt aus dem Krankenhaus entlassen wirst. Du sollst sicherheitshalber unter Beobachtung bleiben. Ich hole dich in zwei Stunden ab."

Leonie war froh wieder in ihrer Wohnung zu sein. Überrascht stellte sie fest, dass der Koffer, der sie nach Schottland begleitet hatte, auch schon da war. Ihre Kleidung hing sauber und gebügelt im Schrank. Leonie war gerührt. Stück für Stück nahm sie in Hand, überlegte, was sie zum Essen anziehen sollte. Gern hätte sie zur Feier des Tages das Kleid angezogen, dass sie am letzten Abend auf der Oldsum getragen hatte, doch das war nicht dabei. Was war aus diesem wunderschönen Kleid geworden? Leonie bedauerte nun, dass sie es bei ihrer Flucht von der Oldsum in der Kabine gelassen hatte. Dann fielen ihr die Hose und die Bluse ins Auge, die sie bei ihrem ersten gemeinsamen Abendessen mit Andreas und Anne getragen hatte. Ja, das war die richtige Kleidung für diesen Anlass.

Pünktlich klingelte Andreas an der Tür. Wohlwollend betrachtete er sie. Dann runzelte er die Stirn. „Die Helgoländer Farben sind wieder unvollständig", sagte er.

Leonie erschrak. Hatte sie ihn mit der Wahl der Kleidung verärgert?

„Aber dem können wir abhelfen", lachte Andreas nun und zog ein wunderschönes, grünes Seidentuch aus seiner Tasche. „Hier, als Willkommensgeschenk zu deiner glücklichen Rückkehr."

Gerührt umarmte Leonie ihn und küsste ihm auf die Wange. Andreas errötete leicht, nahm dann ihren Arm. „Lass uns gehen", sagte er. „Sonst kommen wir zu spät und Rickmer denkt, ich sei mit dir durchgebrannt."

Nun lachte Leonie lauthals.

Als sie bei Anne ankamen, war Rickmer noch nicht da. Leonie versetzte es einen kleinen Stich, doch in diesem Moment öffnete sich die Tür. Rickmer ging auf Leonie zu, ohne die anderen zu beachten, umarmte sie und küsste sie. Er schien Leonie überhaupt nicht mehr loslassen zu wollen.

„Das Essen wird kalt!", sprach Anne ein Machtwort. „Los, an den Tisch mit Euch allen."

Sie setzten sich und Leonie schaute verwundert auf die Räucherfischplatten. Wieso konnten die kalt werden? Doch Anne war schon in der Küche verschwunden und brachte Teller mit einer verführerisch duftenden Krabbensuppe.

Sie sprachen nicht beim Essen. Leonie war unsicher. Wartete man darauf, dass sie das Gespräch eröffnete?

Nachdem sie die Suppenteller in die Küche zurückgebracht hatte, sagte Anne: „So und nun langt beim Fisch kräftig zu. Wenn ihr den Fisch heute Abend nicht schafft, müsst ihr morgen zum Frühstück wiederkommen und Reste essen!"

„Das geht nicht, ich habe morgen einen anderen Termin", sagte Rickmer schnell.

Leonie sah überrascht auf. Würde er schon wieder die Insel verlassen, sie allein lassen, kurz nachdem sie sich endlich wiedergefunden hatten? Rickmer grinste breit, als er fortfuhr: „Wir alle haben morgen einen Termin. Ich kam zu spät, weil ich noch mit Jan telefoniert hatte. Er kommt morgen früh auf die Insel, will uns alle zum Mittagessen einladen."

Leonie atmete erleichtert auf. Gleichzeitig spürte sie eine bleierne Müdigkeit. Der Tag war doch sehr anstrengend gewesen. Sie aß nur wenig.

Bald darauf sagte Andreas: „So, nun verschwinden wir Männer. Ruh dich gut aus, Leonie!"

Leonie wollte sich noch ein wenig mit Anne unterhalten, doch die schüttelte den Kopf. „Morgen", sagte sie. „Du schläfst schon fast ein. Ich bringe Dich in Dein Zimmer."

Anne hatte recht. Leonie zog sich schnell aus, legte sich ins Bett und schlief ein, kaum, dass ihr Kopf das Kopfkissen berührt hatte.

Sonnenstrahlen in ihrem Gesicht weckten Leonie. Sie war etwas verwirrt. Wo war sie? Dann fiel es ihr wieder ein: Sie war auf Helgoland. Uns da die Ärzte empfohlen hatten, dass sie noch nicht allein bleiben sollte, hatte sie nach dem Abendessen bei Anne übernachtet.

Anne schien in der Küche zu werkeln. Leonie stand auf und ging zu ihr. „Hallo, Schlafmütze", begrüßte Anne sie. „Spätestens in zehn Minuten hätte ich dich geweckt, damit du das Mittagessen nicht verpasst."

Leonie erschrak: „Ist es schon so spät?"

„Ja", lachte Anne. „Aber mach dir keine Sorgen. Die Zeit reicht noch, damit du in Ruhe duschen und dich anziehen kannst. Hier nimm, erst einmal eine Tasse Kaffee."

„Was soll ich denn nur anziehen? Jan hat uns zum Essen eingeladen und will feiern. Da muss ich doch ordentlich angezogen sein."

Anne lachte nur: „Hast Du vergessen, dass in unserer Firma andere Regeln gelten als auf dem Festland? Deine Sachen, die du auf der Kreuzfahrt nach Spanien dabeihattest, sind hier in meiner Wohnung. Es ist heute sonnig und warm. Ich denke, ein schönes Sommerkleid wäre angebracht. Soll ich Dir eins raussuchen?"

Leonie nickte, überließ Anne gern die Entscheidung und verschwand unter der Dusche.

Seltsam, dachte Leonie, als sie sich anzog. An dieses wunderschöne Leinenkleid, dass Anne ihr zurechtgelegt hatte, konnte sie sich gar nicht erinnern. Aber es gefiel ihr.

Dann gingen sie zum Restaurant. Die Männer waren schon da, Jan stand auf und begrüßte sie. „Ich bin so froh, dich wiederzusehen", sagte er zu Leonie.

Dann wies er ihnen die Plätze zu. Anne saß zwischen Jan und Rickmer, Leonie ihnen gegenüber neben Andreas. Sie war etwas enttäuscht, dass sie nicht an Rickmers Seite sitzen konnte. Doch bald merkte sie, dass Jan die Plätze mit Bedacht gewählt hatte. So konnte sie Rickmer die ganze Zeit lang ansehen, in seinen strahlenden Augen versinken.

Sekt wurde gebracht, Jan reichte jedem ein Glas: „Ich freue mich, dass ihr meiner Einladung gefolgt seid, um Rickmers Scheidung zu feiern. Die eigentliche Feier sollte ja auf der Jungfernfahrt der Oldsum stattfinden und endete in einem Desaster."

Leonie bekam einen hochroten Kopf und bemerkte, dass Rickmer unruhig auf seinem Stuhl hin und her rutschte. Jan bemerkte es und lachte: „Na, ja, das liegt nur daran, dass Rickmer mich nicht eingeladen hat. Diesmal machen wir es besser!" Er hob das Glas und prostete Rickmer zu: „Darauf, dass einer der begehrtesten Männer der Inselwelt wieder Single ist."

Dieser Trinkspruch gefiel Leonie nicht, sie sagte aber nichts. Die Vorspeise wurde serviert. Andreas stellte Jan ein paar Fragen zu seiner Anreise, offensichtlich um das Tischgespräch auf ein unverfängliches Thema zu lenken. Nach dem Hauptgang fragte Jan Leonie, wie ihr die Kreuzfahrt nach Schottland gefallen habe. Leonie bekam ein schlechtes Gewissen, weil sie die Berichte nicht abgeliefert hatte. Vermutlich müsste sie auch noch für Kosten aufkommen, die dadurch entstanden waren, weil sie über Bord gesprungen waren. Was sollte sie nur sagen?

„Ich war noch nie in Edinburgh", unterbrach Rickmer ihre Überlegungen. „Damit ich auch endlich einmal dahin komme, soll die Stadt in Zukunft auch Reiseziel für die Oldsum werden."

Leonie schlug das Herz bis zum Hals. Durfte sie dann mitreisen? Sie wagte aber nicht diese Frage zu stellen. „Edinburgh ist wunderschön", sagte sie schlicht.

Rickmer stand auf, machte ein ernstes Gesicht und sagte zu Leonie: „So, so, Edinburgh hat dir also gut gefallen, als du vor mir dahin geflohen bist?"

Leonie nickte nur.

„Dann erwarte ich als dein Chef, dass du den Reisebericht noch ablieferst, bevor dein Arbeitsvertrag bei uns endet."

Leonie erschrak. Was hatte das zu bedeuten? Musste sie die Insel und vor allem Rickmer doch wieder verlassen?

Der lachte nur und sagte: „Ich will nicht, dass meine Frau arbeiten muss."

Jetzt war Leonie völlig verwirrt.

„Du bist und bleibst ein Idiot in Bezug auf Frauen", sagte Andreas empört.

Jan nahm Leonie am Arm, zog sie vom Stuhl hoch. „Komm", sagte er nur. „Wir gehen nach draußen. Rickmer war schon in der Schule ein ungehobelter Klotz."

Tränen stiegen Leonie in die Augen. Vor dem Restaurant bleib Jan erst einmal mit Leonie stehen, sah sich um, als schien er auf etwas zu warten.

Kurze Zeit später kam Anne nach draußen: „Andreas lässt ausrichten, dass der Nachtisch wartet."

Leonie war der Appetit vergangen, trotzdem folgte sie den beiden. Offensichtlich hatte man nicht damit gerechnet, dass sie wiederkommen würde, denn an ihrem Platz stand kein Teller, allerdings ein Sektglas. Sie setzte sich trotzdem. Andreas stand auf: „Leonie, ich entschuldige mich bei dir dafür, dass dieser Bengel...", er machte eine Pause und bedachte Rickmer mit einem wütenden Blick. „.... einfach kein Benehmen hat. Da er auch keine Eltern mehr hat, die ihm die Ohren langziehen könnten, übernehme ich jetzt mal deren Aufgabe."

Anne kicherte. Rickmer saß zusammengesunken da. Andreas grinste zufrieden. „Leonie", sagte er nun mit feierlicher Stimme. „Nachdem mein Enkel nun dank Jan endlich von seiner unsäglichen Ehefrau befreit ist, die er gegen meinen Willen geheiratet hatte, bat er mich, meine Zustimmung für seine nächste Ehe zu geben."

Leonie hielt den Atem an.

„Deshalb werbe ich jetzt stellvertretend für den Vater um seine Braut. Willst du ihn heiraten?"

Leonies Herz machte einen Luftsprung. Schnell stand sie vom Stuhl auf, umarmte Andreas und küsste ihn vor Freude.

Der schob sie lachend von sich: „Du sollst nicht mich heiraten, sondern meinen Enkel!"

Nun kam Leben in Rickmer. Er stand auf, nahm Leonies Hand. Ernst sah er sie an: „Willst du mich noch heiraten, nachdem ich dir durch mein dummes Verhalten so weh getan habe?"

Tränen stiegen Leonie in die Augen, doch diesmal waren es Freudentränen. „Natürlich will ich dich!", sagte sie leise.

Nervös suchte Rickmer etwas in seiner Jackentasche. Jan kam ihm zur Hilfe, hielt ihm ein Schächtelchen hin. „Hier ist der Ring", sagte er nur. „Ich habe den Verlobungsring sicherheitshalber an mich genommen, bevor wieder eine scheußliche Krähe vorbeigeflattert kommt und ihn an sich reißt." Nun mussten alle lachen.

Der Ring passte perfekt. Erstaunt sah Leonie auf den Stein. Noch nie hatte sie einen so schönen, roten Stein gesehen. „Roter Helgoländer Feuerstein", beantwortete Jan ihre unausgesprochene Frage. „Den gibt es nur auf der Helgoländer Düne und nirgends sonst auf der Welt. Der passt auch viel besser zu der Prophezeiung, als der schnöde, einfallslose Diamant an dem Ring, den Xenia auf der Oldsum geklaut hat."

„Sei's drum", sagte Rickmer. „Soll sie ihn als Abschiedsgeschenk haben."

Der Rest des Essens verlief in ausgelassener Stimmung.

Als sie aufbrechen wollten, fragte Anne Leonie: „Wann möchtest du heiraten? Noch jetzt im Spätsommer?"

Entsetzt wurde Leonie klar, dass sie noch verheiratet war. Ihr wurde schwindelig, alles drehte sich um sie, sie wurde blass. „Was ist los?", fragte Anne entsetzt.

„Ich kann noch gar nicht heiraten, ich bin noch verheiratet mit diesem Ungeheuer", schluchzte Leonie.

„Beruhige dich", sagte Jan. „Rickmer und Andreas haben mir davon erzählt. Wir werden versuchen, die Ehe annullieren zu lassen, da dein Ehemann dich direkt nach der Hochzeit umbringen wollte. Das wird mein Verlobungsgeschenk an dich. Dazu benötige ich nur noch deine Unterschrift unter eine Vollmacht. Das Formular habe ich dabei, wir regeln das gleich im Büro. Wenn Du mir deine Wohnung für eine Nacht überlässt, können wir uns für den Rest des Tages zusammensetzen, denn ich brauche noch ein paar Informationen, die Rickmer mir nicht geben konnte."

Kurze Zeit später gingen Jan und Leonie zuerst ins Büro, wo Jan seine Unterlagen abholte. Dann zogen sie sich in Leonies Wohnung zurück, wo Jan sich dann von Leonie die Geschichte ihrer furchtbaren ersten Beziehung erzählen ließ. Behutsam stellte er seine Fragen. Leonie war froh, dass er sich der Sache annahm.

„So", sagte Jan nach einiger Zeit und räumte seine Unterlagen zusammen. „Ich denke, ich habe jetzt alle notwendigen Informationen."

„Danke", sagte Leonie. „Und ... ich möchte mich für mein Verhalten auf der Autofahrt entschuldigen. Es tut mir leid, dass ich dich so angegiftet habe, als du sagtest, dass ich bestimmt nicht in Uetersen heiraten werde."

Jan lachte: „Entschuldigung angenommen. Nach dieser Vorgeschichte wundert es mich nicht, dass du so reagiert hast. Aus deiner Perspektive habe ich mich ja wirklich wie ein Elefant im Porzellanladen benommen. Eigentlich müsste ich mich für mein unmögliches Verhalten entschuldigen. Aber jetzt wollen wir zusehen, dass du bald auf einer Insel heiraten kannst."

In diesem Moment klopfte es und Rickmer steckte seinen Kopf vorsichtig zu Tür hinein. „Darf ich reinkommen?", fragte er. „Es macht mich ein wenig nervös, dass meine Verlobte so lange mit einem anderen Mann allein ist."

„Verdient hast du es, nachdem du Leonie so schlecht behandelt hast", lachte Jan. „Aber komm rein, wir waren ohnehin gerade fertig."

„Ich habe die Brar fertig gemacht und würde heute Abend gern noch einen Sundowner Törn mit Euch machen", sagte Rickmer.

Segeln – endlich wieder! Begeistert stimmte Leonie zu.

„Ich bleibe mal besser an Land, damit ihr endlich mal wieder Zeit für Euch allein habt", sagte Jan, obwohl ihm deutlich anzusehen war, dass er gern mitfahren würde.

„Bitte keine faulen Ausreden, mein Freund!", Rickmer grinste. „Leonie und ich sind noch zu schwach, um die Segel zu setzen und wieder zu bergen. Dazu brauchen wir dich als unser Arbeitstier."

„Na, gut", lachte Jan. „Wenn das so ist, komme ich natürlich gern mit."

Wenig später legten sie ab. Rickmer steuerte die Brar nach Westen. Nachdem die Segel gesetzt und sie in sicherer Entfernung vom Land waren, bat Rickmer Jan, das Boot weiter zu steuern. Er verschwand kurz unter Deck, kam mit einem Seidentuch zurück. Etwas schien darin eingewickelt zu sein.

Rickmer setzte sich neben Leonie. Sein Gesicht war ernst. „Nachdem ich es heute Mittag wieder einmal vermasselt habe und auf die Hilfe meines Großvaters als

Brautwerber angewiesen war", Rickmer machte eine lange Pause, bevor er mit feierlicher Stimme fortfuhr: „möchte ich dich hier auch noch einmal fragen: Willst du meine Frau werden?"

Leonie war gerührt: „Natürlich!"

Rickmer gab ihr das Tuch. Vorsichtig schaute Leonie nach, was er darin eingewickelt hatte. Das Geschenk war wunderschön: Leonie fand eine Halskette mit einem roten Feuerstein, passend zum Verlobungsring, den Rickmer ihr beim Mittagessen geschenkt hatte. Vorsichtig nahm Rickmer ihr die Kette aus der Hand, legte sie ihr um. Einen Spiegel brauchte Leonie nicht. Jans bewundernder Blick reichte ihr aus, um zu wissen, wie gut ihr die Kette stand.

Plötzlich wechselte Jan den Kurs. Rickmer schaute sich kurz um, verschwand dann unter Deck. Was war los? Überrascht schaute Leonie sich um. Dann sah sie es: Der Sonnenuntergang. Langsam näherte sich die Sonne dem Horizont. Dann war Rickmer auch schon wieder bei ihnen, hielt eine Flasche Champagner und drei Gläser in der Hand. „Ich denke, dies ist der passende Sundowner für eine Verlobung", sagte Rickmer und schenkte ein.

Jan hatte das Boot beigedreht, so dass das Boot nahezu stillstand. Leonie hatte sind in Rickmers Arme gekuschelt. Keiner von den dreien sagte ein Wort. Sie beobachteten den Sonnenuntergang, tranken nebenbei ihren Champagner. Auch nachdem die Sonne unter dem Horizont verschwunden war, blieben sie alle ruhig sitzen.

Zehn Minuten später küsste Rickmer Leonie in den Nacken, schob sie sanft von sich weg und brach das Schweigen: „Ich setze nun mal die Lichter und dann sollten wir wieder zurücksegeln. Vor Mitternacht werden wir wohl nicht im Hafen ankommen. Ich funke mal den Hafenmeister an, damit der sich keine Sorgen macht und womöglich noch die Seenotretter losschickt."

Jan legte das Ruder so, dass der Wind wieder die Segel füllte. Die Brar nahm Fahrt auf. Rickmer kam wieder an Deck, brachte einen Teller voll Brötchen mit.

„Hier, Krabbenbrötchen für alle", sagte er. „Ich will ja nicht, dass ihr mir an Bord verhungert, weil das Abendessen ausgefallen ist."

Leonie war fasziniert. Auf den Kreuzfahrschiffen hatte sie an warmen Abenden auch im Dunkeln an Deck gesessen, aber Segeln bei Nacht war etwas ganz Besonderes. Zu gern wäre sie bis in den Sonnenaufgang hinein gesegelt. Doch wie von Rickmer vorausgesagt, erreichten sie den Hafen um kurz nach Mitternacht.

Eine halbe Stunde später verließen sie die Brar. Jan und Rickmer brachten Leonie zu Anne, bevor sie selbst schlafen gingen.

Am nächsten Morgen weckte Rickmer Leonie: „Hallo Schlafmütze, hast du Lust, mit mir und Jan zu frühstücken und ihn dann auf die Düne zu seinem Flugzeug zu bringen?"

Natürlich wollte sie das. Schnell war Leonie angezogen, machte sich dann mit Rickmer auf den Weg zu ihrer eigenen Wohnung, wo sie gemeinsam frühstückten. Danach setzten sie Jan mit dem Börteboot zur Düne über, brachten ihn zum Flugplatz und blieben dort bis er mit seinem Flugzeug in der Luft war. „Meinst du, Jan schafft das?", fragte Leonie, als sie über die Düne zurück zum Boot liefen.

„Natürlich schafft er es", sagte Rickmer. „Schlimmstenfalls müssen wir dein Trennungsjahr abwarten, wenn du eine normale Scheidung durchziehen musst. Ich hoffe aber, dass es schneller geht."

„Wie geht es jetzt weiter mit uns?", fragte Leonie mit Sehnsucht in der Stimme.

„Ich weiß was du meinst", antwortete Rickmer. „Ich würde lieber heute als morgen mit dir zusammenziehen und dich vor allem jede Nacht in meinen Armen halten."

Unsicher lächelte Leonie ihn an. Was würde nun kommen?

„Doch ich musste Andreas versprechen, dass ich warte, bis wir verheiratet sind."

Rickmer konnte Leonie die Enttäuschung deutlich ansehen, nahm sie in den Arm und küsste sie. „Hab bitte noch ein kleines bisschen Geduld", sagte er. „Ich möchte, dass du diesmal eine wunderschöne Hochzeitsnacht mit allem Drum und Dran bekommst."

„Wo wohnst du eigentlich?", fragte Leonie spontan, obwohl es ihr im selben Moment peinlich war, nicht zu wissen, wo ihr Verlobter wohnte.

Jetzt lachte Rickmer laut auf: „Du wirst es nicht glauben, aber ich wohne wieder in meinem alten Kinderzimmer bei meinem Opa."

Überrascht schaute Leonie ihn an: „Hast du denn gar keine eigene Wohnung auf Helgoland?"

„Doch, die hatte ich zusammen mit Xenia", sagte Rickmer nun sehr ernst. „Xenia hatte sie ausgesucht und eingerichtet als wir heiraten. Ich habe mich dort nie wohl gefühlt. Nachdem ich dich zum ersten Mal auf dem Börteboot gesehen hatte, bin ich ausgezogen, zurück zu Andreas in mein altes Kinderzimmer. Inzwischen hat eine Spedition den ganzen Hausrat zu Xenia aufs Festland gebracht und ich habe den Mietvertrag gekündigt. Wo möchtest du wohnen? Wollen wir schon einmal nach einer Wohnung suchen?"

„Wir können doch auch in meiner Wohnung wohnen", sagte Leonie. „Mir gefällt sie. Ich hatte noch nie in meinem Leben so eine schöne Wohnung."

Inzwischen hatte sie den Dünenhafen erreicht und stiegen ins Börteboot. Rickmer schaltete den Motor an, drückte Leonie die Pinne in die Hand. „Steuer du", sagte er. „Als Frau eines Reeders muss du auch mit einem Schiff klarkommen. Nimm Kurs auf den Nordosthafen."

Leonie war zuerst etwas nervös. Sie fuhren zwar längst nicht mit voller Geschwindigkeit, aber trotzdem war das Börteboot viel schneller als die segelnde Brar. Rickmer schien zufrieden mit ihr zu sein. Kurz vor der Hafeneinfahrt übernahm er die Pinne wieder. „Anlegemanöver üben wir ein anderes Mal, wenn mehr Zeit ist", sagte er. „Ich muss gleich ins Büro, mich um die Planung der nächsten Fahrten der Oldsum kümmern. Willst du mitkommen?"

Leonie bekam einen hochroten Kopf und sagte: „Natürlich! Ich muss ja schließlich noch einen Reisebericht abliefern."

***

Leonie begleitete Rickmer jeden Tag ins Büro, schrieb erst ihren Bericht über die Reise nach Schottland und half Anne dann bei den Büroarbeiten. Schnell hatten sie sich darauf geeinigt, dass Leonie die Buchhaltung übernahm, weil ihr diese Arbeit deutlich leichter fiel als Anne.

Am Wochenende half Rickmer wieder beim Ausbooten und machte auch Fahrten für die Touristen auf dem Börteboot rund um die Insel. Leonie bedauerte, dass sie nicht allein auf der Brar segelten. Sie hatte den Eindruck, dass Rickmer sie absichtlich auf Abstand hielt und fragte Anne danach. Die lachte nur: „Natürlich macht er das. Ich bin sicher, dass er sich nicht mehr beherrschen könnte und sofort über dich herfallen würde, wenn ihr allein auf der Brar unterwegs wäret. Es fällt ihm gerade sehr schwer, das Versprechen einzuhalten, das er Andreas gegeben hat."

Annes Worte machten Leonie wieder Mut. Hoffentlich würde es mit der Auflösung ihrer Ehe nicht so lange dauern. Sie wollte endlich wissen, wie es sich anfühlte, als Ehefrau in Rickmers Armen zu schlafen.

In der nächsten Woche verbrachte Rickmer viel Zeit im Büro. Leonie begleitete ihn nicht, sie hatte von ihm Zwangsurlaub verordnet bekommen, nachdem sie wieder in ihre Wohnung gezogen war. Leonie hatte daraufhin protestiert, aber Rickmer sagte knapp: „Das Wetter ist schön. Genieß die Zeit, schnapp dir ein gutes Buch und setzte dich irgendwo in die Sonne. Arbeiten kannst du im Winter noch genug, wenn Sturm und Regen über die Insel fegen."

Als Rickmer am Mittwoch zum Abendessen in Leonies Wohnung kam, fragte er: „Würdest du das wunderschöne Kleid, das du an unserem missglückten Abend auf der Oldsum getragen hast, mir zuliebe noch einmal anziehen?"

„Ich weiß nicht, was mit ihm geschehen ist", sagte Leonie. „Ich habe es damals in der Kabine der Oldsum liegengelassen. Inzwischen ärgere ich mich darüber, denn es war wunderschön."

„Es wurde gestohlen", grinste Rickmer. „Direkt nachdem wir in Bremerhaven angelegt hatten, war ich in deiner Kabine, wollte noch einmal mit dir sprechen. Aber du hattest das Schiff schon verlassen, dein Gepäck war weg. Nur dieses wunderschöne Kleid war noch da. Ich habe es heimlich mitgenommen. Es ist in meinem Zimmer."

Leonie schaute ihn verblüfft an. „Also abgemacht", sagte Rickmer. „Ich bringe es dir morgen und würde mich freuen, wenn du es übermorgen Vormittag trägst."

„Was hast du vor?", fragte Leonie.

„Ich möchte mich bei den Seenotrettern dafür bedanken, dass sie uns beide aus dem Wasser gefischt haben," sagte Rickmer. „Dafür werde ich nicht nur einen größeren Geldbetrag spenden, sondern möchte die gesamte Besatzung der Hermann Marwede auch zum Essen einladen. Ein Schiff von einer anderen Station kommt morgen nach Helgoland rüber und übernimmt in dieser Zeit die Bereitschaft. Wir werden ein Büffet am Südhafen aufbauen und die Seenotretter machen gleichzeitig einen Tag des offenen Schiffs, um weitere Förderer zu gewinnen. Du musst wissen, sie finanzieren sich rein aus Spendengeldern."

Nun wurde Leonie neugierig. Sie freute sich auf den Tag und darauf, das Schiff einmal zu besichtigen. Zwar war sie schon einmal an Bord gewesen, doch sie konnte sich nicht mehr daran erinnern, war sie bei ihrer Rettung doch die meiste Zeit ohnmächtig gewesen.

Am Freitagmorgen nahm Leonie sich viel Zeit, um sich für Rickmer und die Männer, die ihr das Leben gerettet hatten, hübsch zu machen. Zu dem Kleid legte sie den

Schmuck an, den Rickmer ihr zur Verlobung geschenkt hatte. Rickmer holte Leonie zum vereinbarten Zeitpunkt ab. Sie staunte, denn er trug einen Anzug. Es würde wohl eine sehr feierliche Veranstaltung werden.

„Ole fährt uns, damit du dir in den Schuhen keine Blasen läufst", sagte Rickmer nur, während er Leonie bewundernd anschaute.

Leonie war froh. Sie hatte nicht daran gedacht, dass sie das Gehen in Pumps nicht mehr gewohnt war und der Weg von der Wohnung zum Südhafen dann doch sehr lang werden könnte.

Viele Menschen waren da, als Rickmer feierlich den symbolischen Scheck übergab. Leonie erwartete, dass das bereitgestellte Buffet direkt nach der Zeremonie eröffnet werden würde. Sie hatte schon ein wenig Hunger, nachdem sie vor lauter Aufregung kaum etwas zu, Frühstück gegessen hatte. Doch Rickmer nahm ihre Hand und führte sie über die Gangway auf das Schiff. Dort wartete Jan schon auf sie.

Leonie begrüßte ihn freudig, konnte dann ihre Neugier nicht bezähmen und fragte: „Hast du schon neue Informationen, wie lange es dauert, bis meine Ehe endlich aufgelöst ist?"

„Warum fragst du?", sagte Jan.

Nun seufzte Leonie traurig: „Ich würde Rickmer lieber heute als morgen heiraten. Aber das geht ja nicht, solange ich noch mit diesem furchtbaren Menschen verheiratet bin."

„Lieber heute als morgen?", schaltete Rickmer sich in das Gespräch ein.

Leonie nickte. Rickmer nahm ihre Hand und zog sie mit sich in den Mehrzweckraum des Schiffes. Er war festlich geschmückt. „Wie gut, dass heute zufällig eine Standesbeamtin an Bord ist", sagte Rickmer mit einem breiten Grinsen.

„Aber ich bin doch noch verheiratet", protestierte Leonie.

„Seit Montag nicht mehr", korrigierte Jan sie und die Standesbeamtin bestätigte dies mit einem Nicken.

„Ich habe die Papiere hier", sagte sie. „Wenn sie wollen, dürfen sie heute heiraten. Aber wir können auch einen anderen Termin machen. Ich hatte Rickmer gesagt, dass sie vermutlich nicht begeistert sein werden, wenn sie einfach so ohne Vorwarnung zu ihrer Hochzeit geschleppt werden, auch wenn der Anwalt von ihnen die Vollmacht hatte, die Hochzeit in die Wege zu leiten."

„Nein", sagte Leonie. „Äh, ja", korrigierte sie sich mit einem strahlenden Lächeln. „Wenn es tatsächlich geht, möchte ich heute heiraten."

„Rickmer! Wie kannst du nur!", hörte Leonie nun Andreas' wütende Stimme. Sie erschrak. Würde Andreas nun die Hochzeit verhindern oder zumindest den Termin verschieben?

Dann wandte Andreas sich mit freundlicherer Stimme an die Standesbeamtin: „Könntest du bitte noch zehn Minuten mit der Trauung warten, bis der alte, abgehetzte Großvater wieder normal atmen kann und Anne auch hier ist? Wir hatten Rickmers Ankündigung der Hochzeit für einen Scherz gehalten. Ich musste erst einmal bei Jan nachfragen, ob das sein Ernst ist. Und dann haben wir uns schnell noch umgezogen, um anständig gekleidet zu sein."

Leonie brach in schallendes Gelächter aus. Diese Familie war so anders als ihre eigene, so erfrischend.

Eine Stunde später war sie endlich richtiger Teil der Familie und verließ am Arm ihres Ehemannes das Schiff. Viele Menschen warteten am Kai, um dem frischgebackenen Ehepaar zu gratulieren. Die meisten kannte Leonie vom Sehen, einige auch schon mit Namen. Als letzte gratulierte eine junge Frau, die Leonie noch nie gesehen hatte. Danach schaute die Frau Leonie mit kritischem Blick an. Leonie wurde unsicher. Die Frau bemerkte es, lachte, nahm Leonie an die Hand und zog sie von Rickmer weg.

Leonie wollte protestieren, doch die Frau unterbrach sie: „Ich heißte Beatrice. Als ich dieses Kleid genäht habe, wusste ich nicht, dass es einmal ein Brautkleid sein würde. Mein Bruder hat mir von ihrer Geschichte erzählt, nachdem ihr Anwalt ihn aufgesucht hat, um mit Hilfe seiner Aussagen die Auflösung ihrer ersten Ehe zu beschleunigen. Ich würde ihnen gerne das Kleid für die kirchliche Trauung schenken. Der Ehemann sollte das weiße Brautkleid vor der Trauung aber nicht sehen, deshalb müssten wir uns heimlich treffen."

„Das organisiert Anne schon", unterbrach eine männliche Stimme sie. Leonie drehte sich um und sah den jungen Polizisten, der sie in Erfurt befragt und ihr anschließend das Kleid geschenkt hatte.

„Ihr Mann hat uns zur standesamtlichen Trauung eingeladen", sagte er. „Ich freue mich so für Sie, dass die ganze Geschichte zu so einem guten Ende gekommen ist."

„Weib, die Gäste verhungern noch auf unserer Hochzeit", hörte sie nun Rickmers Stimme an ihrem Ohr. „Komm mit mir, wir sollten endlich das Buffet eröffnen."

Gerne folgte Leonie ihm.

***

Die Feier endete, als der Mond schon hoch am Himmel stand. Andreas und Anne kamen auf das Brautpaar zu, der junge Polizist und seine Schwester folgten ihnen. „Wir bringen euch nun auf dem Gepäckkarren nach Hause, damit ihr euch nicht verlauft", sagte Andreas. „Danach bringen wir dann unsere Gäste zu ihrem Quartier."

Gern stieg Leonie auf. Sie freute sich auf ihre Hochzeitsnacht. Diesmal würde der Bräutigam nicht vor ihrem Feuermal zurückschrecken. Erstaunt bemerkte sie, dass Andreas nicht zu ihrer Wohnung fuhr. Vor einem kleinen Haus auf dem Oberland hielt er an.

Rickmer stieg ab, nahm Leonies Hand und ging mit ihr zum Haus. Die anderen folgten. Andreas öffnete die Tür, Rickmer nahm Leonie auf den Arm, trug sie über die Schwelle während die anderen applaudierten. Rickmer drehte sich um, so dass alle beobachten konnten, wie er Leonie einen langen Kuss gab. Dann schloss er die Tür ohne Leonie aus seinem Arm zu lassen. Er trug sie weiter durchs Haus legte sie erst auf einem großen Bett ab.

Die Hochzeitsnacht war wunderbar. Andreas war ein zärtlicher Liebhaber. Seelig schlief Leonie Stunden später in seinem Arm ein.

***

Sonne schien ihr ins Gesicht. Leonie erwachte. Wo war sie? Rickmer lag neben ihr. Richtig, sie hatten geheiratet. Es war kein Traum gewesen.

Leise stand Leonie auf, um sich ihre neue Wohnung anzuschauen. Eine Wand des Schlafzimmers war eine Fensterfront, durch die Leonie auf die Nordsee schauen konnte. Sie schaute sich im Raum um. Außer dem großen Bett und einen Stuhl über den ihre Kleidung hing, gab es keine Möbel. In einer Ecke des Raums stand eine kleine Reisetasche.

Das Badezimmer hatte sie schon am Abend gesehen. Es war groß und schön eingerichtet. Leise ging Leonie weiter. Über den Flur gelangte sie in die Küche. Sie war groß, vollständig mit Einbaumöbeln ausgestattet. Kochen würde hier Spaß machen. Probeweise öffnete Leonie ein paar Schränke. Sie waren leer. Nein, nicht ganz: In einem Schrank fand sie Tassen, Teller und Besteck für zwei Personen. Was hatte das zu bedeuten?

Leonie ging wieder auf den Flur, fand eine Treppe, die ins Obergeschoss führte, außerdem noch eine geschlossene Tür zu einem anderen Raum. Leonie öffnete die Tür, trat in einen großen Raum, der ebenso wie das Schlafzimmer eine Fensterfront mit Blick auf die Nordsee hatte. Bis auf einen Campingtisch und zwei Klappstühle war auch dieser Raum leer.

Fast lautlos war Rickmer ihr gefolgt. Er küsste sie in den Nacken. „Guten Morgen, Frau Feeringer", flüsterte er Leonie ins Ohr. „Wie gefällt dir dein Haus?"

Leonie wusste nicht, was sie antworten sollte. Die Räume und vor allem die Aussicht waren fantastisch, doch es irritierte sie, dass fast keine Möbel in den Räumen waren. Rickmer bemerkte ihre Unsicherheit und sagte lachend: „Bis gestern Nachmittag hatte ich auch geglaubt, dass wir unsere Hochzeitsnacht in deiner Wohnung verbringen würden. Das Haus gehört dir, es ist Andreas' Hochzeitsgeschenk an dich. Er möchte, dass du unabhängig von einem Mann für immer eine sichere Bleibe hast. Es wurde erst vor wenigen Tagen zum Verkauf angeboten und er hat es dann spontan gekauft.

Das Bett gehört mir, es war Andreas' Hochzeitsgeschenk an mich. Campingmöbel und das wenige Geschirr in den Küchenschränken sind eine Leihgabe von Anne, bis wir uns selbst eingerichtet haben. Eigentlich wollte ich ja vor der Hochzeit eine Bleibe für uns suchen und gemeinsam mit dir einrichten. Doch als es Jan so schnell gelang, deine erste Ehe für nichtig erklären zu lassen, wollte ich nicht länger auf dich warten, hatte spontan nach einem Termin für die standesamtliche Trauung gefragt, in der Hoffnung, dass du zustimmst. Nun müssen wir uns nur noch für Möbel entscheiden, nachdem Andreas für ein Dach über dem Kopf gesorgt hat. Wenn du hier allerdings nicht wohnen möchtest, kannst du das Haus auch vermieten und wir suchen uns eine andere Bleibe."

„Es ist wunderschön hier", sagte Leonie nur.

„Sehr gut", sagte Rickmer mit einem Grinsen im Gesicht. „Obwohl ich erst eine Nacht hier geschlafen habe, würde ich die Aussicht aus dem Schlafzimmer beim Aufwachen doch sehr vermissen."

Nun lachte Leonie. Rickmer nahm ihre Hand: „Komm, lass uns frühstücken. Danach könnten wir wieder ins Bett gehen, über unsere Wohnungseinrichtung nachdenken oder unsere Hochzeitsreise planen."

Er drehte sich um und machte einen Schritt zur Tür hin. Überrascht ließ Leonie seine Hand los. Sie konnte nicht glauben, was sie auf Rickmers Schulter sah. „Was ist das?", fragte sie erstaunt, ging auf ihn zu und betrachtete seinen Rücken genauer. Es war die Tätowierung, die sie im Traum gesehen hatte, die Konturen von Helgoland auf der Schulter eines Mannes. Nein, es war keine Tätowierung auf Rickmers Schulter. Es war ein Feuermal, genau wie auf Leonies Stirn.

Rickmer drehte sich um, zog seine Ehefrau an sich und gab ihr einen langen Kuss. Dann schaute er ihr liebevoll in die Augen. „Das ist das Zeichen, dass wir für immer zusammengehören", sagte er.

***

Annes Hochzeitsgeschenk war ein gut gefüllter Kühlschrank für das erste Frühstück ihn ihrem gemeinsamen Heim. Leonie und Rickmer genossen das Frühstück am Campingtisch mit Blick auf die Nordsee.

„Wohin soll unsere Hochzeitsreise gehen?", fragte Rickmer spontan.

Leonie dachte nur kurz nach: „Als ich in Edinburgh war, habe ich dich sehr vermisst, hätte die Stadt gern mit dir erkundet. Außerdem möchte ich gern Föhr kennenlernen. Vielleicht könnten wir für einige Tage auf der Brar dorthin reisen."

Rickmer grinste: „Na, dann müssen wir aber erstmal schauen, ob du wirklich seefest bist. Von hier bis Edinburgh sind es etwa 420 Seemeilen. Wir wären mit der Brar etwa drei bis fünf Tage über die offene Nordsee ohne Zwischenstopp im Hafen unterwegs. Wenn wir ungünstigen Wind haben sogar noch länger."

Leonie schaute ihn erschrocken an, denn sie hatte eigentlich an eine Reise auf einem größeren Schiff nach Edinburgh gedacht.

„Wenn es dir recht ist, würde ich gern auf Föhr kirchlich heiraten", sagte Rickmer. „Dein Hochzeitskleid gestern war wunderschön, aber ich möchte noch ganz altmodisch eine verschleierte Braut in Weiß vor den Altar führen."

Freudentränen schossen Leonie in die Augen. Davon hatte sie immer geträumt. „Diese Hochzeit möchte ich dann aber zusammen mit dir planen", sagte Rickmer schuldbewusst. „Wen möchtest du einladen?"

„Ich kenne doch niemanden", sagte Leonie schnell. Doch dann dachte sie an die Gäste, mit denen Rickmer sie bei der Feier am Vortag überrascht hatte, und korrigierte sich: „Darf ich wirklich alle Menschen einladen, die ich dabeihaben möchte?"

„Natürlich", lachte Rickmer. „Was denkst du denn? Es ist deine Hochzeit. Da sollten deine Freunde dabei sein."

Leonie dachte kurz an ihre erste Hochzeit, bei der nur Bekannte ihres Mannes anwesend waren. Dies war Vergangenheit, jetzt gab es eine viel schönere Zukunft für sie. „Ich würde gern Beatrice und ihren Bruder aus Erfurt einladen, die auch gestern dabei waren. Außerdem den Arzt aus Erfurt und die Psychologin Chandni Rani. Die beiden haben schließlich dafür gesorgt, dass ich nach Büsum zur Kur kam und dich kennenlernen konnte. Und der Arzt in Büsum, der den Postboten für uns beide gespielt hat, darf natürlich auch nicht fehlen", sagte Leonie.

„Fein, dann ist die Gästeliste ja vollständig", sagte Rickmer. „Jetzt brauchen wir nur noch einen Termin".

„Am liebsten am nächsten Wochenende", sagte Leonie lachend. „Aber ob das so spontan in den Kalender unserer Gäste passt?"

„Du brauchst ja auch noch etwas Zeit, dir ein schönes Brautkleid zu kaufen", sagte Rickmer. „Wie wäre es, wenn wir sie einfach anrufen und fragen, ob sie so in vier bis sechs Wochen an einem Samstag Zeit für uns haben. Parallel dazu würde ich beim Pastor anrufen und nach einem möglichen Termin fragen. Hoffentlich ist bis Oktober noch eine Trauung am Samstag möglich. Später im Jahr wird es zu kalt. Ich möchte nicht, dass du auf dem Weg zur Kirche in deinem schönen Kleid erfrierst.

Unsere Hochzeitsreise machen wir aber schon vorher. Sobald der Termin abgestimmt ist und die Gäste eingeladen sind, nehmen wir uns einfach zwei Wochen frei, um Hausrat zu kaufen und für mindestens eine Woche zu verreisen."

„Abgemacht", sagte Leonie nur.

Danach verschwanden sie für den Rest des Tages in ihrem Ehebett.

***

Am nächsten Morgen beschlossen Leonie und Rickmer beim Frühstück, ihre Sachen aus ihren alten Wohnungen in das Haus zu holen. Rickmer besorgte einen Gepäckkarren und dann machten sie sich zuerst auf den Weg zu Andreas' Haus. Leonie staunte, wie wenig persönliche Dinge Rickmer besaß. „Ich war immer ein Seemann und ein Reisender", erklärte er Leonie. „Da sammelt man nicht viele Sachen an."

„Aber du warst doch verheiratet und hattest eine gemeinsame Wohnung mit Xenia", entgegnete Leonie.

„Ja, aber es fühlte sich für mich von Anfang an nicht richtig an, obwohl ich es nicht wahrhaben wollte", sagte Rickmer. „Vielleicht hat mich das davon abgehalten, mir mehr Sachen zuzulegen, als ich in zwei Koffern und auf der Brar transportieren kann. Sie war eigentlich eher mein Zuhause."

Schnell hatten sie die Sachen in ihr Haus gebracht. Auf dem Weg zu Leonies alter Wohnung trafen sie Beatrice und Anne. „Oh, wollt ihr Leonies Sachen aus der Wohnung holen?", fragte Anne. „Sollen wir helfen?" Dabei zwinkerte sie Leonie verschwörerisch zu. Leonie wunderte sich. Anne wusste doch, wie wenig sie besaß. Dann konnten Rickmer und sie doch leicht alleine tragen. Aber irgendetwas bezweckte Anne mit dem Angebot. Deshalb nickte Leonie zustimmend.

Die vier gingen in die Wohnung. Schnell hatte Leonie ihre Sachen zusammengetragen. Anne trug die Koffer und Taschen gemeinsam mit Rickmer zum Gepäckkarren, während Leonie und Beatrice allein in der Wohnung blieben. „Ich würde gern das Kleid für deine kirchliche Trauung nähen", bestätigte Beatrice ihr Geschenk noch einmal.

„Und ich würde mich sehr darüber freuen", sagte Leonie. „Aber wie schaffen wir das mit dem Maß nehmen und der Anprobe? Soll ich dich dazu in Erfurt besuchen?"

Jetzt lachte Beatrice: „Du hast schon einmal ein perfekt sitzendes Kleid von mir erhalten, ohne dass ich dich zu diesem Zeitpunkt kannte. Wir reisen morgen Nachmittag mit dem Bäderschiff zurück aufs Festland. Es wäre gut, wenn wir uns morgen zum Maß nehmen treffen könnten. Kannst du dich für eine Stunde von deinem Ehemann losreißen, wenn Anne ihn ablenkt? Am Tag vor der Hochzeit müssten wir uns dann noch einmal für die Anprobe treffen. Dann bleibt mir noch genügend Zeit für die letzten Anpassungen."

„Das schaffe ich", sagte Leonie. „Ich freue mich schon jetzt auf das Kleid."

***

Träge räkelte Leonie sich am Samstagmorgen in ihrem Bett. Die letzten Tage waren arbeitsreich gewesen. Der Termin für die kirchliche Trauung war in vier Wochen, die Gäste eingeladen. Außerdem war sie mit Rickmer an zwei Tagen auf dem Festland gewesen, um Möbel zu bestellen, die aber erst in drei Wochen geliefert werden konnten.

Am Abend hatten sie den Wecker nicht gestellt, wollten einfach einmal ausschlafen. Leonie konnte hören, dass Rickmer in der Küche werkelte und das Frühstück vorbereitete. Wie immer freute sie sich über den Blick auf die Nordsee. Doch was war das? Ein fremdes Schiff lag auf Reede. Doch irgendwie kam es Leonie auch bekannt vor. Sie setzte sich im Bett auf, um es genauer zu betrachten.

„Oh, du bist schon wach", hörte sie Rickmers Stimme. „Möchtest du im Bett frühstücken, oder soll ich an unserem Tisch decken?"

Leonie lachte: „Lass mich kurz duschen und dann am Tisch frühstücken. Das Wetter ist so schön und ich möchte gern mir dir raus aufs Wasser. Wenn wir im Bett frühstücken, bleiben wir vermutlich den ganzen Tag lang darin."

Rickmers Augen blitzten. Vermutlich hatte er genau das im Sinn gehabt. Aber er gab sich erstaunlich schnell geschlagen. „Also ein Seetag heute", sagte er nur und verschwand in der Küche.

Kurze Zeit später saß Leonie am Tisch. Während des Frühstücks konnte Leonie den Blick kaum von dem unbekannten Schiff abwenden. „Was ist?", grinste Rickmer. „Sollen wir uns ein Börteboot schnappen und den Kahn einmal genauer anschauen?"

„Wenn das geht...", Leonie war schon ganz aufgeregt.

Schnell hatten sie den Tisch abgeräumt und sich angezogen. Im Nordosthafen lag nur noch ein Börteboot, mit dem Ole gerade ablegen wollte. Leonie war enttäuscht. „Ole, warte", rief Rickmer. „Wo willst du hin?"

„Ich muss ein paar Koffer und Papiere da rüberbringen", antworte Ole und wies mit dem Kopf auf das unbekannte Schiff. Leonie hatte den Eindruck, dass er Rickmer dabei schelmisch angrinste.

„Hast du noch Platz für zwei blinde Passagiere?", fragte Rickmer. „Klar!" sagte Ole. „Steigt ein."

Als sie sich dem Schiff näherten, erkannte Leonie es. Es war die Oldsum. „Du Schuft", sagte sie zu Rickmer, doch der grinste zurück.

„Komm", sagte er. „Lass uns an Bord gehen, bevor sie ablegt."

Sie wechselten vom Börteboot auf die Oldsum, während Ole die Koffer umlud. Rickmer führte Leonie auf das höhergelegene Deck. Plötzlich hatte Leonie das Gefühl, dass das Schiff Fahrt aufnahm. Irritiert schaute sie Rickmer an, doch der grinste nur breit. „Oh, hoffentlich werfen sie uns blinde Passagiere nicht in die Nordsee, wenn sie uns entdecken", sagte er. „Wollen wir versuchen, eine leere Kabine zu finden, in der wir uns erstmal verstecken können?"

In diesem Moment kam eine Frau auf sie zu. Leonie erkannte die Frau, die ihr vor der Ankunft in

Bremerhaven ungefragt das Frühstück in die Kabine gebracht hatte. Auch die erkannte Leonie, sagte jedoch nichts. Leonie glaubte aber, Freude in ihren Augen zu lesen. „Willkommen an Bord zu ihrer Hochzeitsreise, Frau Feeringer", sagte sie und drückte Leonie den Schlüssel für eine Kabine in die Hand.

„Du Schuft", sagte Leonie nur zu Rickmer, freute sich aber gleichzeitig über die gelungene Überraschung. „Wohin fahren wir? Denk dran, dass wir zu unserer Hochzeit wieder zurück sein müssen."

„Edinburgh, da setze ich auf dich als Führer bei unserem Landgang", grinste Rickmer. „Dann Kirkwall auf den Orkney Inseln, Lerwick auf den Shetland Inseln. Weiter geht es nach Norwegen, über Bergen, Stavanger, Oslo, Kopenhagen nach Kiel. Von dort fliegen wir nach Helgoland zurück."

„Na, dann schaffen wir es ja gerade eben, uns noch einmal umzuziehen, um dann pünktlich nach Föhr zu kommen", sagte Leonie mit ernstem Gesicht, während Schmetterlinge in ihrem Bauch tanzten. „Hoffentlich muss der Pastor nicht zu lange in der Kirche auf uns warten."

**

Natürlich hatte Rickmer alles perfekt geplant. Eine Woche vor ihrer kirchlichen Trauung waren sie wieder auf Helgoland. Zwischenzeitlich waren die Möbel geliefert und aufgebaut worden. Leonie staunte, wie

Rickmer dies alles von unterwegs organisiert hatte, ohne dass sie es bemerkte.

Vier Tage vor der Hochzeit auf Föhr bemerkte Leonie, dass Rickmer nach dem Frühstück intensiv über den Seekarten und dem Wetterbericht brütete. Auch Leonie war etwas nervös, denn sie musste sich spätestens am Tag vor der Hochzeit noch einmal mit Beatrice zur Anprobe des Brautkleids treffen. „Was hast du?", fragte sie ihn.

„Ich überlege gerade, wann und wie wir nach Föhr reisen", antwortete Rickmer. Bislang ist nur die Unterkunft für unsere Hochzeitsnacht gebucht."

„Am liebsten würde ich auf der Brar rüber segeln", sagte Leonie ohne nachzudenken. „Das hatte ich mir gewünscht", sage Rickmer. „Wie spontan bist du?"

„Warum fragst du?"

„Morgen wären beste Bedingungen für die Reise. Wir müssten allerdings sehr früh aufbrechen. Schaffst du es heute noch, die Dinge, die du für die Hochzeit brauchst, zusammenzustellen, damit Anne und Andreas sie mitnehmen können? Ich glaube nicht, dass deinem Brautkleid eine Seereise guttun würde. Für die Tage auf der Brar benötigen wir nur die übliche Kleidung zum Segeln."

„Klar", sagte Leonie. „Du musst mir nur heute eine Stunde Zeit allein mit Anne geben. Außerdem muss ich sie am

Tag vor der Hochzeit noch einmal ohne dich auf Föhr treffen."

Am nächsten Morgen verließen sie Helgoland kurz vor Sonnenaufgang. Wieder einmal war Leonie fasziniert davon, dieses Naturschauspiel an Bord eines kleinen Segelbootes zu beobachten. Sie kamen gut voran. Leonie war daher überrascht, dass Rickmer den Hafen von Amrum ansteuerte. „Ich dachte, wir wollten nach Föhr?", sagte sie.

„Ja", sagte Rickmer. „Da fahren wir morgen hin. Heute möchte ich aber hier auf der Insel zu Abend essen und meine Ehefrau schon einmal offiziell vorstellen."

Es überraschte Leonie nicht, dass Rickmer sie in das kleine Restaurant führte, in dem sie schon einmal gegessen hatten. Kaum betraten sie das Restaurant, kam die ältere Frau, die Leonie bei ihrem letzten Besuch so kritisch angeschaut hatte. Sie umarmte Rickmer, gratulierte ihm zu seiner Hochzeit. Dann nahm sie auch Leonie in den Arm, küsste sie auf das Feuermal und sagte: „Ich freue mich, dass er nun endlich die richtige Frau gefunden hat."

Dann führte sie die beiden an einen Tisch, der etwas abseits von den anderen stand, und setzte sich dazu. „Das Essen geht heute aufs Haus", sagte sie nur.

Offensichtlich hatte Rickmer den Besuch schon angekündigt, denn sie ließ aus der Küche ein mehrgängiges Essen mit Gerichten kommen, die Leonie beim letzten Besuch nicht auf der Speisekarte entdeckt hatte.

Als Rickmer und Leonie sich verabschiedeten, nahm die Frau Leonie beiseite und drückte ihr ein kleines mit Stoff umwickeltes Päckchen in die Hand. „Trag dies zu deiner Hochzeit", sagte sie nur. „Aber zeig es Rickmer nicht vorher. Er soll es erst sehen, wenn er den Schleier hebt."

Am nächsten Tag schliefen sie lange, segelten dann mit auflaufendem Wasser die kurze Strecke von Amrum nach Föhr. Rickmer zeigte ihr am Nachmittag Wyk, wollte ihr aber nicht verraten, wo sich die Kirche befand, in der sie heiraten würden.

Am Tag vor ihrer Hochzeit frühstückten sie spät an Bord der Brar. Dann hörten sie Jans Stimme: „Leonie, ich muss dir heute leider deinen Mann entführen. An seinem letzten Tag als Junggeselle muss ich noch einiges mit ihm regeln. Pünktlich zum Abendessen bringe ich ihn zurück. Kommst du solange allein klar?"

Leonie war froh. So konnte sie sich mit Anne und Beatrice treffen, ohne nach einer Ausrede für ihr längeres Wegbleiben suchen zu müssen.

Das Brautkleid war ein Traum aus cremefarbener Seide und Spitze. Es passte perfekt. Beatrice war zufrieden. „Wie kann ich dir das nur vergelten?", fragte Leonie.

Beatrice winkte ab: „Eine glückliche Braut ist mir Lohn genug. Du hast es wahrlich schwer genug in deinem

Leben gehabt. Aber wenn du mich unterstützen willst, würde ich gern ein paar von deinen Hochzeitsfotos als Werbung für meine Schneiderei verwenden."

Die drei Frauen verbrachten einen schönen Nachmittag zusammen, bevor Anne Leonie zum Boot begleitete.

Als sie sich verabschiedete sagte Anne: „Ich hole dich nach dem Frühstück ab. Dann kleiden Beatrice und ich die Braut an und bringen dich zur Kirche. Rickmer wird von Jan abgeholt und zur Kirche gebracht."

***

Vor Aufregung konnte Leonie kaum schlafen, wurde früh wach. Leise, um Rickmer nicht zu wecken, stand sie auf und ging an Deck. Doch fünf Minuten später folgte Rickmer ihr, drückte ihr eine Kaffeetasse in die Hand. Schweigend beobachteten beide den Sonnenaufgang.

Als die Sonne schon hoch am Himmel stand, brach Rickmer das Schweigen: „Schon komisch. Jetzt sind wir schon über vier Wochen verheiratet und ich bin deutlich nervöser als am Tag unserer standesamtlichen Trauung."

Leonie lachte befreit.

„Lass uns frühstücken", sagte Rickmer. „Ich möchte die Zweisamkeit mir dir genießen, bevor sie uns abholen und der Trubel beginnt."

Kaum waren sie fertig, stand Jan auch schon da, um Rickmer abzuholen. Anne folgte kurz danach.

Leonie nahm das kleine Päckchen an sich, dass sie auf Amrum erhalten und gut vor Rickmer versteckt hatte. Dann folgte sie Anne.

Beatrice und Anne hatten an alles gedacht. Leonie duschte ausgiebig, wusch sich die Haare, die Anne und Beatrice danach kunstvoll frisierten. Anne hatte den Feuersteinschmuck, das Verlobungsgeschenk von Rickmer, mitgebracht. Er passte perfekt zum Brautkleid.

Dann öffnete Leonie das kleine Päckchen, das sie auf Amrum erhalten hatte. Zwei wunderschöne Ohrringe lagen darin. Anne hielt die Luft an. „Roter Bernstein", sagte sie zu Leonie. „Das ist ein deutliches Zeichen, dass die Feeringer Familie dich auch willkommen heißt. Xenia war auf den Inseln hier noch unbeliebter als auf Helgoland."

Dann kam auch schon das Auto, um sie abzuholen. Leonie war erstaunt, dass sie die Stadt verließen und eine Weile nach Nordwesten über das Marschland der Insel fuhren. „Wo ist denn die Kirche?", fragte sie neugierig.

„In Süderende im Westen der Insel, nahe Oldsum", antwortete Anne. „Aus diesem Kirchspiel kommt Rickmers Vater."

Das Auto hielt vor einem Tor zum Friedhof. Die Frauen stiegen aus. Ein älterer Mann wartete vor dem Tor.

„Ich bin Tade", sagte er zu Leonie. „Ein entfernter Verwandter von Rickmers Vater. Da du keine Eltern mehr hast, würde ich dich gern als Vertreter des Brautvaters zum Altar führen."

Gerührt legte Leonie ihre Hand auf den Arm, den er ihr bot. Beatrice zupfte den Schleier zurecht. Langsam schritten sie über den Friedhof zum Kirchenportal. Leonie sah sich um und staunte. Diesen Friedhof hatte sie bereits im Traum gesehen, in der Nacht nach dem Streit mit Rickmer auf der Oldsum.

Als sie die Kirche betraten, stand Rickmer schon neben Andreas vor dem Altar und schaute Leonie erwartungsvoll an.

Ein Märchen wurde wahr.

... und zum Schluss

Ein Buch zu schreiben macht Spaß. Trotzdem gibt es immer wieder Momente, in denen man einfach hinschmeißen möchte. Danke an Simone, Jens, Sabrina, Mirella und Kerstin, die mich in dieser Zeit immer wieder ermutigt haben, weiterzumachen.

Danke an Ragnhild, die mich auf die Idee brachte, einen Liebesroman zu schreiben, obwohl entgegen ihrer Empfehlung kein „Groschenroman" daraus wurde.

Lange fand ich keinen Titel für das Buch. Petra hat mich gerettet, indem wir bei einem Gespräch über den Charakter von Islandpferden nebenbei zum Titel dieses Buches kamen. Auch dafür herzlichen Dank.

Ein besonderes Dankeschön an Sabrina zusätzlich dafür, dass sie die die ersten Sommertage im Garten verbrachte und dabei das Korrektur las.

Danke an meine geduldigen Segellehrer.

Die Personen und die Handlung in diesem Buch sind frei erfunden.

Die Hermann Marwede gibt es tatsächlich, es ist der auf Helgoland stationierte Seenotkreuzer der DGzRS – Deutsche Gesellschaft zur Rettung Schiffbrüchiger. Mehr über die DGzRS und ihre Schiffe finden Sie bei Interesse auf der Webseite www.seenotretter.de

Der Familienname Feeringer ist frei erfunden, ich habe ihn von Feer, der Bezeichnung von Föhr in der friesischen Sprache, abgeleitet, aber noch nie von einer Person dieses Namens gehört.

Braren und Brarens sind Familiennamen von Föhr, die auch mehrfach in den USA vorkommen, da viele Nordfriesen nach Amerika ausgewandert sind. Diesen Namen habe ich verwendet, damit die Brar eine schöne Geschichte zu ihrem Namen bekam und ich Rickmer über eine frei erfundene entfernte Verwandtschaft zum bekannten Lotsen, Navigationslehrer, Verfasser der ersten deutschsprachigen Bücher der Schifffahrtskunde und Begründer der ersten staatlichen Seefahrtsschule im Herzogtum Schleswig, Hinrich Braren, die ausgeprägten Seefahrergene zuordnen konnte.

Kontakt zu Franziska Fairytale:
franziska.fairytale@gmx.de